JN283556

君の一途な執着

御堂なな子

16019

角川ルビー文庫

目次

口絵・本文イラスト／あさとえいり

1

『——ごめんなさい。私、他《ほか》に好きな人が出来ちゃった。一目《ひとめ》惚《ぼ》れなの。だからもう操《みさお》くんとは付き合えない。私たち別れましょう』

ほんの何時間か前に言われた別れの言葉が、頭の中をぐるぐる巡《めぐ》る。

「一目惚れって何だよ。付き合ってまだ一ヶ月だぞ」

飲み干したグラスをバーのカウンターに置いて、ふてくされたまま頬杖《ほおづえ》をついた。

「あーあ、何で俺、いつもこうなんだろ……」

週末は必ずデートをして、ねだられるままにプレゼントも贈《おく》って、会えない時は電話もメールも欠かさなかったし、自分なりに彼女のことを大事にしていたのに。愛美《まなみ》はその間に、他の男に一目惚れをして、自分を捨てて行ってしまった。

「——なあ、流生《りゅうせい》、どうしてだと思う？」

ここは六本木の片隅《かたすみ》にある小さなバー、『シオン』。花の名前だとか、スイスの古城の名前だとか、その命名の由来は諸説ある。オレンジ色の間接照明の下、カウンターの向こうに立っていたこの店のマスター、叶野《かのう》流生は、クダを巻いている自分を見詰《みつ》めて苦笑《くしょう》した。

「そりゃあ、お前がいつまで経《た》っても学習しないからだろ」

「学習って何だよ、それ」

とても客相手とは思えない辛辣《しんらつ》な一言を浴びて、酔《よ》いが一気に醒《さ》める。中学時代からの腐《くさ》れ縁《えん》で、彼とは何でも話せる親友の仲だけれど、失恋《しつれん》したばかりの自分には正直きつい。

「俺に分かるように説明しろよ。なあったら、流生」

すると、流生はトレードマークの白いシャツの袖《そで》を捲《まく》って、軽快なリズムでシェーカーを振《ふ》り始めた。酔った目で見てもサマになっている彼を眺《なが》めながら、俺もこれくらい格好いい男なら、愛美にふられなかったかな、と、少し悔《くや》しい想像をする。

流生は長めに伸《の》ばした黒髪《くろかみ》が野性的で、百八十センチをゆうに超《こ》える身長といい、鋭《するど》く切れ上がった瞳《ひとみ》といい、とても男らしい外見をしている。彼のよく整った精悍《せいかん》な顔立ちには誰《だれ》もが注目してしまうのだが、自分は、笑った時の人懐《ひとなつ》っこい彼の顔の方が好きだ。仕事をしている時もストイックな魅力《みりょく》が溢《あふ》れていて、時折業界紙の取材を受けるくらい、流生は六本木界隈《かいわい》でも人気のあるマスターで通っていた。

「操、少し静かにしろ。他のお客様に迷惑《めいわく》だろ。——お待たせしました。『バラライカ』です」

華奢《きゃしゃ》なカクテルグラスが、すい、と滑《すべ》るように客の前に置かれる。店内は顔を知っている常連ばかりで、毎日のように飲みに来る白髪《しらが》で和服姿のお爺《じい》さんをはじめ、そのほとんどは大人の男性だ。

シオンは各国の珍《めずら》しい酒を出すスタイルが受けて、所謂《いわゆる》ツウな人々の隠《かく》れ家《が》的存在になっている。満杯《まんぱい》になってもカウンター席だけだから、余程《よほど》忙《いそが》しくない限り、流生は一人でここを切り盛りしていた。

「流生、こっちも水割りおかわり」

「ピッチが速いんじゃないか。明日も仕事があるんだろ？」

「うるせー、これが飲まずにいられるか。今週末はデートの予定も入ってたのに。なんで今日ふられなきゃいけないんだよ」

「そんなにデートがしたいんなら俺が連れて行ってやるよ。女にふられるたびにヤケ酒しやがって。うちは静かに酒を楽しむ店なんだぞ。分かってるのか？」

「分かってる。分かってるよ。だからマスターは黙《だま》って酒を出せ」

「…ったく」

仕方なさそうに呟《つぶや》いて、流生はスコッチウィスキーの栓《せん》を開けた。

――青葉台《あおばだい》中学二年一組、伊澤《いざわ》操。ボトルの側面には、ふざけてそう書いてある。琥珀色《こはくいろ》のそこにはぼんやりと自分の顔が映り込んでいて、流生とは対照的な垂れ目が揺《ゆ》れていた。

男を全面的にアピールしている彼とは違《ちが》い、自分は円いラインの中性的な顔立ちで、昔から不本意ながら可愛《かわい》いと言われ続けてきた。二重の瞳に、明るい茶色の髪《かみ》。営業という職業柄《しょくぎょうがら》、襟足《えりあし》をすっきりとさせた清涼感《せいりょうかん》重視のヘアスタイルを心がけてはいるが、ふわふわの髪はどうセットしても幼く見えるらしい。長身の流生と並ぶと小さく感じるから、平均的な百七十センチ台半ばの身長は、本当はもう少し欲しいところだ。

「それで？　今回は何で別れたんだ」

「他に好きな奴《やつ》が出来たって。付き合ってまだ一ヶ月なのに」

「また短期間で潔《いさぎよ》くふられたもんだな。この間、ここに連れて来たあの子だろ？　愛美ちゃんって言う」

「うん。最近ちょっと見ないような真面目《まじめ》な良《い》い子だと思ってたんだけどな……」

愛美は自分の会社の関連企業《きぎょう》で事務をしている子で、勤務態度も優秀《ゆうしゅう》で清楚《せいそ》な、いいところのお嬢《じょう》さんで通っている。最初に挨拶《あいさつ》した時、恥《は》ずかしそうにしながら笑顔《えがお》で頭を下げてくれた彼女に好感を抱《いだ》いて、何度もデートに誘《さそ》って、やっとのことで付き合い始めた。今度こそうまくいくと思ったのに、自分の何がいけなかったんだろう。

「うちの会社でも人気あったんだぞ。ルックスも可愛いし。控《ひか》えめだし」

「控えめねえ…」

長い指でくるりと回したマドラーを、流生はそっと抜《ぬ》いて、自分の前へと作りたての水割りを差し出した。

「俺にはそうは見えなかったって、忠告したはずだよな？」

「うっ……確かにそうは言われたけど、今度こそ絶対お前の勘違《かんちが》いだと思ったんだよ。だって、

愛美はお前が言うように『わざと清楚を演出してる子』には見えなかったし」

　そう反論すると、流生はわざとらしく溜息《ためいき》をついて、頭を抱《かか》えるような仕草をした。

「お前って本っ当に女を見る目がないのな。あの時は言わなかったけど、二十三歳の普通《ふつう》のＯＬにしてはあの子、服もアクセサリーも全身ブランドもの。そう言えば、どう見ても平均年収以上の腕《うで》時計もつけてたけど。そのどこが『清楚』で『控えめ』なんだ？」

「それ本当かっ？」

　流生の観察眼にびっくりした。愛美と一度会っただけで、そんな細かいところまで見ているなんて。

「少しはそういうことにアンテナ張れよ。あれはＯＬの稼《かせ》ぎで買えるようなシロモノじゃないぞ。もしかしたら、他の男からのプレゼントかもな。操、お前も貢《みつ》がされたんじゃないのか？」

「そ、そんなことないよ。ダイヤのネックレスと、バッグを、ちょっとプレゼントしただけ」

「ほら見ろ、いいように扱《あつか》われてるじゃないか。やっぱり俺が思った通りだ」

　鼻白んだ様子で、流生が丈《たけ》の短いエプロンを着けた腰《こし》に手をやる。

「でも――親元が裕福《ゆうふく》だって聞いたし。悪い子じゃないと思う」

「操は鈍《にぶ》いからな。全然気付かなかったのか？　カウンターの中にいる俺には丸分かりだったぞ。――だから言っただろ。あの子はやめておいた方がいいんじゃないかって」

「う……」

愛美とここに飲みに来た、その後のことだ。流生から電話がかかってきて、彼女について相談をさせてもらった。その時はまさかふられるなんて思っていなくて、流生に難色を示されても、少しも不安に感じなかった。

流生は仕事柄《しごとがら》、日々たくさんの男女と接している。彼は顔も頭もいいし、学生時代からよくもてていたから、自分よりもずっと恋愛《れんあい》経験が豊富だ。彼の忠告を聞かなかった自分は、今回もあっさり振られることになった。

「今度の子は浪費《ろうひ》家の上に浮気《うわき》体質だったか。しかもまんまと貢ぐだけ貢いで一ヶ月でふられるって……。操は本当に恋愛に向かないな。なんでいつもひどい目に遭《あ》ってんのに、彼女を作ろうと思えるんだ？」

「だって──好きになったら普通、彼女にしたくなるだろ」

「そういうことは、相手のことをちゃんと見極《みきわ》められるようになってから言え」

「もう。流生の正論は聞き飽《あ》きたよ」

「お前は懲《こ》りない奴だから言ってんだよ。愛美ちゃんの前は誰だっけ？　詐欺《さぎ》まがいのことに巻き込まれそうになったんだよな」

「うわあ…っ、それはもう忘れてくれ──」

半年前まで付き合っていた、年上の彼女のことだ。後で調べたら真っ赤な嘘《うそ》だったけれど、歳の離《はな》れた弟が交通事故に遭ったから、その入院費用を工面してくれないかと頼《たの》まれたんだ。「俺があの女を追い払《はら》ってやらなかったら、お前の乏《とぼ》しい貯金が全部吹《ふ》っ飛んでたぞ。少しは感謝しろよ」

「してるよ。あの時は本当に助かった。流生がいなかったら、今頃《いまごろ》路頭に迷ってたかも」

「まあ、身包《みぐる》み剝《は》がされたら俺のマンションに越《こ》してくりゃいいし。問題はそこじゃないだろ。だいたいな、お前の女運はいったいどうなってんだ。よくもそんな、やばいタイプばっかり好きになれるな」

不思議でたまらない、という風に、流生は呆《あき》れた顔でそう言う。自分だって、どうして好きになる相手が、いつもいつも問題アリな人物ばかりなんだろう、と不思議に思っているのだ。

――そもそも、最初に付き合った彼女からしてたいへんな目に遭っていたっけ。

あれは中学二年の時だ。同級生の子に向こうから好きだと言われて、人生初めての恋愛に舞《ま》い上がった自分は、勉強も何も手につかなくなった。幸せだったのも束《つか》の間、彼女が他《ほか》の男と三股《みまた》をかけていたことが分かって、その挙げ句にふられてしまう。

それから暫《しばら》くして、二人目の彼女が出来たのは高校生の頃《ころ》。でも三度目のデートの時に強引《ごういん》に引っ張って行かれたホテルの前で、「俺の女に何をするんだ」と柄《がら》の悪い男にインネンをつけられて、金を脅《おど》し取られそうになった。

ショックのあまり人間不信になりそうだった自分を慰《なぐさ》めてくれたのが、担任の女性教師。初めて年上の女性に優《やさ》しくされて恋心《こいごころ》が芽生え、婚約者《こんやく》がいた担任の方も「あいつよりも伊澤くんの方が素敵《すてき》だわ」と情熱的だった。その一言で有頂天《うちょうてん》になった自分だったが、あえなく担任は一ヶ月後に婚約者と結婚。何食わぬ顔で別れを告げられてしまった。

それからも、詐欺や怪《あや》しげな宗教の勧誘《かんゆう》に遭いかけたり、同棲《どうせい》していた彼女に家財道具一式を騙《だま》し取られたりと、散々な経験ばかりしてきている。

その間、流生からは「あれは他に男がいるからやめておけ」とか「明らかに勧誘目的だから距離《きょり》を置いた方がいい」など、色々と言われ続けていた。

流生は自分の恋愛をいつも心配していたが、彼のその優しさも虚《むな》しく、毎回自分はひどい別れ方をして泣くハメになる。最後はとうとう流生も呆れ果てて、彼とある約束をさせられたのだ。

――好きな女が出来たら、必ず俺に会わせろ。いいか操、約束だぞ。お前はすぐに騙されるから、悪い女かどうか俺が確かめてやる。

そう言われてから、女を見る目のなさを流石《さすが》に自覚していた自分は、流生にちゃんと彼女を紹介《しょうかい》するようになった。

流生の観察眼はおそろしく的確で、「やめとけ」と言われた子と実際に付き合ってみれば、トラブルばかり自分の身に起こる。でも、彼に対する男の意地もあって、忠告通りに自分の気持ちにブレーキをかけるのは難しかった。

自分は一度好きになったら夢中になる性格だから、恋は盲目《もうもく》、というやつを地で行ってしまう。いつまで経《た》っても学習能力がないと言われるのは、これが理由だ。

流生には一目で見抜《みぬ》けることが、どうして自分には分からないんだろう。歳も同じ二十五歳で、高校までは学校も同じで、二人で一緒《いっしょ》に大人になっていったはずなのに。流生に比べていつまでも自分が子供みたいで、情けなさに輪をかける。

「……今回も素直に流生の忠告を聞いとけばよかった。俺はいつもバカをやってるよな」

追憶《ついおく》から覚めて、ぽつりとそう零《こぼ》すと、カウンターの向こうから不意に流生の右手が伸《の》びてきた。大きな彼の掌《てのひら》が、ぽんぽん、と自分の頭を撫《な》でる。

「そんなにしょげるなよ。酒で忘れられる女なら忘れちまえ」

駄目《だめ》な親友の相手をして、流生も本当は面倒《めんどう》だと思っているだろうに。でも、そんなことを一切《いっさい》感じさせない彼の顔が、自分の目の前で穏《おだ》やかに笑っている。

「毎回、好きになるたびにその女のことで一生懸命《いっしょうけんめい》になるのは、悪いことじゃないだろ」

「流生……」

「俺はお前のそういうところが好きだし。だから元気出せよ。な？」

酔《よ》って感情のセーブが出来なくなっているんだろうか。胸の辺りがじんとして、うっかり涙《なみだ》が出そうになった。

自分をふって去って行った歴代彼女たちより、いつもこうして、そばにいてくれる流生の方が存在感は大きい。昔から頼りになる親友だし、懐が深くて、とことんまで愚痴を聞いてくれる優しい男だ。彼がいなかったら、きっと自分は、恋愛面でボロボロな生活を送っていたことだろう。

だから彼女が出来るたびに流生に会わせるし、ふられたらふられたで、悲しい気持ちごと彼にぶつけてすっきりする。黙《だま》ってそれを許している流生は、自分にとって何にも代えがたい大切な存在だ。

「とりあえず今日は飲んで、明日からまた、お前だけを見詰《みつ》めてくれる女を探したらいい」

ゆっくりと言い聞かせるような言葉で、流生が励《はげ》ましてくれる。彼には中学の頃から心配をかけてばかりだから、これ以上みっともないところは見せられなくて、自分の顔を無理矢理《むりやり》笑《え》顔《がお》にした。

「うん。今度こそ流生に、お墨《すみ》付《つ》きをもらわないとな」

世の中は広い。きっとどこかにいるはずだ。自分だけを好きになってくれる最高の彼女が。

――でも、どんな子が彼女なら、厳しい流生のお眼鏡に適《かな》うんだろう。

そう思いながら、勢いをつけてグラスを呷《あお》ると、くっ、と流生に笑われた。

「その言い方じゃ本末転倒《ほんまつてんとう》だ。お前は好きで女と付き合ってんのか、俺に認められたくて女と付き合ってんのか、どっちなんだ？」

「俺はただ、最高の彼女を見付けて、お前を安心させたいだけなの」

「その前に人を見る目を養え。それから、女にねだられてほいほい貢ぐ体質もどうにかしろ」

「何だよ、流生。俺を慰めてくれるんじゃないのかよ」

「だってお前、思ったより立ち直り早そうだし」

「早くないよー。泣きそうだよ、いや泣く。号泣《ごうきゅう》する」

「泣くのはいいけど、カウンターに鼻水たらすなよ？」

ヤケ酒の最中は、流生とたいがい中学生のノリでじゃれ合うことになる。そうこうしているうちに失恋《しつれん》から立ち直るのが毎度のパターンだ。

「流生、つまみないよ、つまみ」

「はいはい」

どん、とカウンターに出された皿から、好物の香《こう》ばしい匂《にお》いが立ち上った。

「カシューナッツのロースト、黒胡椒《くろこしょう》風味でございます」

「おおっ、大盛りサービス」

「俺も付き合ってやるから、好きなだけ飲め」

唇《くちびる》の端《はし》を持ち上げて、流生がニヒルな顔をする。ボトルに伸びる彼の指先を見詰めながら、甘えさせてくれる親友の優しさに、言葉に出来ないくすぐったさを覚えた。

2

冬の季節に彼女がいなくなると、寂《さび》しさがやたら身に沁《し》みた。今月はクリスマスもあるというのに。サンタクロースは子供にばかりプレゼントをあげて、ずるいと思う。

北の方角からやって来た風が、ひゅう、とスーツの襟元《えりもと》を掠《かす》めていく。寒がりな自分はこれからの季節の得意先回りが苦手だ。年中外を出歩いている職業柄《しょくぎょうがら》、そうも泣き言は言ってはいられないけれど。

ビジネス機器のリースを専門にする『OAサポート』が、自分の勤める会社だ。この業界では中堅《ちゅうけん》どころのポジションで通っている。程《ほど》よく忙《いそが》しく、でもプライベートな時間が取れるという理由でこの会社を選んで三年。今では「人当たりの良さ」と何故《なぜ》か「年上にもてる」という不可解な理由で、営業部に配属されていた。

営業部といっても、自分の仕事は、長い付き合いのある会社との契約更新《けいやくこうしん》を主にしていて、幸いにも取引相手との関係が良好なことから、比較的《ひかくてき》ゆっくりとしていられる。

しかし、今日は珍《めずら》しく営業部の上司と連れ立って、『辻本《つじもと》建設』という会社を訪ねることになっていた。

「お世話になります。株式会社OAサポートの伊澤と申します。総務部の山崎《やまざき》様と十四時に打ち合わせのお約束をさせていただいております」

「お待ちしておりました。応接室にご案内いたします。こちらへどうぞ」

暖かいビルの中に入って、受付の社員にロビーの奥へと案内された。普段《ふだん》は得意先を回ることが多いから、新規の会社に赴《おもむ》く時は緊張《きんちょう》する。上司の後ろをくっついて歩いて、重厚《じゅうこう》な応接室のドアをくぐった。

辻本建設は有名な大手ゼネコンで、近々三十階建ての本社社屋をリニューアルするらしい。その社屋の改装に合わせて、古くなった一部のパソコンやプリンター、コピー機などの装備品のリース先を探しているという情報を、なんと自分の顧客《こきゃく》で、辻本建設のグループ会社である担当が教えてくれたことから、新規取引先獲得《かくとく》を目指して今日はここを訪《おとず》れたという訳だ。

この契約が成功すると、自分の会社にとっては良《い》い利益になる。辻本建設を得意先として迎《むか》えるためにも、今日は、紹介された担当者に直接会って、色々と情報を探《さぐ》っておきたい。

そんなことを考えながら応接室で待っていると、暫《しばら》くしてドアがノックされた。

「お待たせしてすみません。お二人とも、寒いところをどうも。先日はお電話ありがとうございました」

室内へと入ってきた商談相手が、親しげに自分たちへ笑顔を向ける。山崎さんはこの会社の総務部の部長で、社内の装備品に関する契約の窓口になっている人だ。

山崎さんの斜《なな》め後ろには、三十代半ばくらいの眼鏡《めがね》をかけた若い社員が立っていた。その人は見るからに上等そうなスーツを着ていて、とても落ち着いた物腰《ものごし》をしている。

「ご紹介します。こちらは社長秘書をしている辻本真一郎《しんいちろう》くんです。名前でお分かりいただける通り、彼は辻本社長の子息で、今回の社屋リニューアルの責任者でもあります」

御曹司《おんぞうし》、という人を前にして、俄《にわ》かに緊張感《きんちょうかん》が高まった。上司とともに名刺《めいし》を交換《こうかん》し、失礼にならない程度に辻本さんを注視する。

鈍《にぶ》い銀色のチタンフレームの眼鏡の下、辻本さんの瞳《ひとみ》はすっと流れるような一重《ひとえ》で、流生とはまたタイプが違《ちが》う美形だ。少し冷たい感じがするのは、彼が細面《ほそおもて》で色白だからだろう。柔《やわ》らかそうなウェーブのある髪型《かみがた》といい、スーツの着こなしといい、とても洗練された大人の印象だった。

さっき山崎さんが紹介《しょうかい》してくれた通り、リニューアルの責任者だということは、今回の契約を結べるかどうかは辻本さんの意向次第《しだい》だと思って間違《まちが》いない。

「こちらは、弊社《へいしゃ》がこれまで行ったリース物件の資料です。国内外の主要メーカーと取引をしておりますので、どの装備品に関しましても、ご希望のものをお取り揃《そろ》え出来る利点がございます。メンテナンスやアフターサービスも含《ふく》め、ご契約者の方々には高いご評価をいただいております」

写真をふんだんに載《の》せたファイルを使って、上司が社の紹介を進めていく。彼のアシスタントをしている間、時折、視線を感じてテーブルの向こうを見やった。すると、そのたびに辻本さんと目が合って、小さく微笑《ほほえ》まれる。

「…？」

自分も営業用スマイルをしてやり過ごしたが、こうも端整《たんせい》な美形の人に見詰められると落ち着かない。

「——今回の御社《おんしゃ》のリニューアルに際しまして、私どもとしましては、ぜひお見積もりのご依《い》頼《らい》をいただきたいと思っております。何卒《なにとぞ》よろしくお願いいたします」

すると、深々と頭を下げた上司と自分の前で、山崎さんが数枚の書類を広げて見せた。

「とりあえず、ご参考までに。これは東京本社の、前回と、前々回のリース契約の内容です」

これまで、辻本建設がどのくらいのオフィス機器を借りて、どのくらいの金額が支払《しはら》われたのか、資料には詳細《しょうさい》な数字が載っていた。機器のメーカー名も併記《へいき》されていたから、とても参考になる。

「では、もしよろしければ、一週間後にだいたいのお見積もりを提出させていただければと思います。その際に、ぜひ、ご意見をお聞きしたいので一席設けさせてください」

「そうですね。こちらとしても、ぜひお話をお聞きしたいと思っています」

「ありがとうございます！　では、日程は改めてご連絡《れんらく》させていただきますね」

次回の約束を取り付けて、この日の打ち合わせは終了《しゅうりょう》した。契約の第一段階を無事クリア出来たことにほっとする。

意気揚々《いきようよう》と辻本建設を後にして、会社に戻《もど》る上司と別れてから、次の商談先へと向かった。最寄《もよ》りのJRのホームで電車を待っていると、上着の内ポケットで携帯電話《けいたいでんわ》がバイブした。

小さな液晶《えきしょう》には流生の名前が表示されている。こっちが仕事の時間帯に、彼がメールをしてくるのは珍しい。

『操。今夜、予定がなかったら空けておいてくれ。いいところへ連れて行ってやるよ』

文面を読みながら、今日はシオンの定休日だったことを思い出した。いいところ、というもったいつけた言葉にそそられて、早速《さっそく》ＯＫの返信をする。

『了解《りょうかい》。どこで待ち合わせする？』

『品川の高輪《たかなわ》口。仕事が終わったら連絡してくれ』

流生からもう一度メールが届いた時、ちょうどホームに電車が入ってきた。慌《あわ》てて電話のフリップを閉じ、車両が巻き起こす冷たい風に首を竦《すく》めながら、暖房《だんぼう》の効いたドアの内側へと体を滑《すべ》り込ませた。

「——操。こっちだ」

その日の夕刻。品川駅で電車を降りると、帰宅ラッシュで混雑する高輪口の改札の外で、流生が待っていた。

「流生。どうしたんだよ、その格好」

通りすがりのＯＬや女子高生たちが、ちらちら彼の方を気にして熱い視線を寄越《よこ》している。流生は普段はジーンズが多いのに、今日はシックなダークスーツを着込んでいた。後ろに撫《な》で付けるように整えた髪《かみ》もよく似合っていて、彼を見慣れている自分でも、思わずはっとするほど格好がいい。

「たまにはいいだろ？　こういうのも」

「めちゃくちゃ気合い入れちゃって。デートにでも行くのかよ」

「まあ、今日は似たようなものだな」

「え？」

くす、と流生は微笑んで、モデルのようにしなやかな足を駅の出口へと向けた。

既《すで》にとっぷりと日が暮れている品川の街は、ビル群の明かりが都会的な夜景を作り出している。駅前にある流生の行きつけのブティックに立ち寄った自分は、そこでいきなり、彼にスーツと靴《くつ》を新しいものに替《か》えさせられた。

強制的にドレスアップさせられ、財布《さいふ》を出す暇《ひま》もなく、後でいいからと言われて慌《あわ》ただしく店を後にする。流生のすることに戸惑《とまど》っているうちに、そこから歩いてすぐのところにある、真新しいファッションビルへ到着《とうちゃく》した。

「…ここ、最近オープンしたビルだよな。外資系の五つ星ホテルが入ってるって、うちの会社でも話題になってた」

「ああ。十階までがショップで、その上が客室だ。今日はホテルのバンケットルームで、オープン記念のレセプションをやってる」

「レセプション？」

「うちの店の客に招待されたんだよ。誰《だれ》を同伴《どうはん》してもいいって言うから、お前を誘《さそ》った。――ほら」

そう言うと、流生は上着のポケットから招待状を取り出した。白いバラを透《す》かし込んだ凝《こ》った作りで、それを見ただけで普通《ふつう》の御呼《およ》ばれじゃないことが分かる。

「だから俺まで着替《きが》えさせられたのか。メールに書いてた『いいところ』って、そういう意味？」

「まあ、行けば分かるさ」

「ふうん。何かはっきりしないな」

どうしてそんなところに自分を誘ったのだろうと、釈然《しゃくぜん》としないものを感じながら、乗り込んだエレベーターで十階へと上がる。ホテルのクロークにコートと荷物を預け、白亜《はくあ》の大理石で出来た豪奢《ごうしゃ》な内装に感嘆《かんたん》しながら、バンケットルームの入り口で受付を済ませた。

「うわ――。俺、こんなパーティーは仕事でしか出席したことないよ」

立食形式の場内は、正装に身を包んだ招待客で溢《あふ》れている。ひときわ混《こ》んでいる一角には著名人が贈《おく》った花が飾《かざ》られていて、普段テレビで見ているような人の名前もあった。

「操。きょろきょろして迷子になるなよ」

「う、うん」

物慣れない自分の腕《うで》を、流生が引っ張って歩いていく。味に定評がある五つ星ホテルの料理が並んだテーブルには目もくれず、彼はバンケットルームの中を素通《すどお》りして、その奥にあったロビーへと出てしまった。

せっかく盛況《せいきょう》な会なのに。流生の目的はどうやらここではないらしい。

「流生？　俺、仕事明けで腹がへってるんだけど…」

「食事はいつでも出来る。こっちが混んでるうちに、お前を連れて行きたいんだ」

「だからさあ、いったいどこへ行くんだよ」

「いいところ」

肝心《かんじん》なことを教えてくれないまま、流生はロビーから今度はエスカレーターを上り、だんだんと人が少ない方へと向かっていく。黙《だま》って彼の後ろをついて歩いていくと、迷路《めいろ》のようだった通路が突然途切《とつぜんとぎ》れて、目の前に広いホールが現れた。

「何……ここ」

果てしなく思えるほど高い天井《てんじょう》から、幾《いく》筋にもなって蒼《あお》い光が降り注いでいる。それは自分の足元でゆらゆらと揺《ゆ》れて、まるで海の底にいるような、不思議な錯覚《さっかく》を起こさせた。前方には魚の口に似たぽっかりと開いた半円形の空間が広がっている。とてもホテルの中だとは思えない。

「――すごいな」

ぼうっと辺りを見渡《みわた》していた自分の肩《かた》に、流生が静かに掌《てのひら》を置く。彼がつけている香水《こうすい》が仄《ほの》かに漂《ただよ》ってきて、異空間にいる気分を高めた。

「面白《おもしろ》いだろ。このホテルの目玉の水族館なんだ」

「水族館？　ここが？」

「ああ。まだ一般《いっぱん》公開はしてないが、今日はレセプションの招待客に開放してる。中に入ろう」

「うん――」

わくわくしながら、流生と一緒《いっしょ》に半円形の口の中へと吸い込まれる。

少し進むと、蒼色のライティングは同じ色の水槽《すいそう》に取って代わり、視界いっぱいに海の光景が開けた。名前を知らない小魚たちが、銀色の群れを作って水中を遊泳している。頭上でゆったりと巨体《きょたい》を翻《ひるがえ》しているのは、ジンベイザメだろうか。ドーム型の水槽の内側にいると、まるで自分の方が魚たちに鑑賞《かんしょう》されているみたいだ。

「都会のど真ん中にいることを忘れそうだよ。なあ、流生」

「ああ。気に入ったか？」

「最高」

「よかった。少しは気分が紛《まぎ》れたみたいだな」

「え⁉　もしかして、俺がしょげてたから？　俺のためにここへ…？」

ふ、と吐息《といき》をして、流生が髪を掻《か》き上げる。自分に向けられた彼の眼差《まなざ》しは、まっすぐでとても優《やさ》しかった。

「俺は、お前が大切だからな。操が元気になるなら何でもしてやるよ」

「お前……、ほんっといい奴《やつ》」

「まあ、ほっといたらお前は、確実に結婚詐欺《けっこんさぎ》に遭《あ》いそうだし」

「うるさいっ！」

いつも自分のことを考えてくれる流生に感謝している。照れ隠《かく》しに流生の二の腕をぽすん、と小突《こづ》いてやると、彼は少しだけ両目を細めて、小さく微笑《ほほえ》んだ。

魚たちのドームをゆっくりと見て歩き、順路の奥まったところにあったカフェバーに立ち寄る。水族館の中で酒を楽しめるなんて、本当に洒落《しゃれ》たスポットだ。ワンショットの水割りのグラスを片手に、静かなテーブルで流生と乾杯《かんぱい》した。

そのバーは内装が特殊《とくしゅ》な構造をしていて、水槽の向こうが直接ビルのガラス窓になっている。

夜景のビル群の間を魚が泳いでいるように見えて、とても幻想的《げんそう》だ。

「こんなところで飲んでたら、男の俺でもいい気分になっちゃうな。女の子の気持ちがちょっと分かる」

「いい機会だから練習してみろよ。俺がレクチャーしてやる。デートに誘って気の利《き》いた口説き文句が言えたら、お前も一人前だ」

「例えば？」

「――そうだな」

すると、流生はスツールに斜《なな》めに構《かま》えた格好で座り直して、微笑を浮《う》かべた顔を近付けてきた。

「『上に部屋を取ってある。今夜はお前を帰さない』」

甘く低い声で囁《ささや》きながら、ホテルのキーに見立てたコースターを、自分の方へとそっと差し出す。

触《ふ》れそうな距離《きょり》で耳元を掠《かす》めた彼の唇《くちびる》がやけに熱い。どきん、として流生を見詰《みつ》め返すと、彼の瞳《ひとみ》が真剣《しんけん》な色をしたように思えて、いっそう鼓動《こどう》が騒《さわ》ぎだした。

「…流生？」

「何ときめいた顔してんだ、お前」

ぷっ、と流生は噴《ふ》き出して、自分の頭をコースターで軽く叩《はた》く。うまい具合に遊ばれたことが悔《くや》しくて、コースターを指で弾《はじ》いてから、彼に言い返してやった。

「いつの時代のドラマだよ。今時そんなのウケるか」

「案外ベタな方がうまくいくんだよ。身をもって知っただろ？」

「この野郎《やろう》…っ」

ふざけている流生の足を、テーブルの下で蹴《け》る。くすくす笑いながら暫《しばら》く二人で遊んでいると、背後で流生を呼ぶ声がした。

「叶野さん。いらしてくださったんですね」

「——長谷部《はせべ》マネージャー。お疲《つか》れ様です」

「お疲れ様です」

ぺこり、と頭を下げたその人は、このバーの責任者らしい。黒尽《くろず》くめの衣装に、首からネームプレートを下げている。歳は自分たちより少し上くらいだろうか。

「招待客の評判はどうですか？」

「おかげさまで、上々ですよ。水族館の本オープンに合わせて弾《はず》みがつきました。このたびはたいへんお世話になりました」

「いいや、俺は特に何もしていませんから。…お忙《いそが》しいでしょう。こっちのことはお構いなく」

「すみません。では、ごゆっくり」

自分にも会釈《えしやく》をして、黒服の彼はカウンターの方へと戻《もど》っていく。二人の会話の意味が分からずに、不思議に思って小首を傾《かし》げた。

「知り合いか？」

「ああ。ここのプロデュースにちょっと関《かか》わったんだよ。うちの店の客が持って来た話で、その人はこのビル全体の出資者でもあるんだ。レアなボトルの仕入れ先とか、さっきのマネージャーの相談に乗ってやってくれって言われてな」

「へえ…、すごいな流生」

「別に、たいしたことない。俺のコネを少し紹介《しょうかい》しただけだし」

「謙遜《けんそん》するなって。──何か俺には別世界の話だな。プロデュースとか、レセプションとかさ」

流生の店の常連は、実は企業《きぎょう》の経営者だったり、巷《ちまた》の名士だったり、社会的地位の高い人が少なくない。彼は客のプライベートを明かすようなことはしないから、詳《くわ》しくは知らないけれど、客が客を呼んで、上質な店にはそれなりの人々が集まるのだ。

「お前なら、もっと手広く商売が出来るんじゃないか？　シオンの支店を出すとか、ここみたいにプロデュース業を請《う》け負って、いっそ実業家になるとか」

「やめろよ。興味ないいんだ、そういうのは」

「何で？」

「操が仕事帰りに立ち寄る店は、一軒《いっけん》あれば十分だろう」

冗談《じょうだん》とも本気ともつかない口調で、流生はそう言った。自分のことを譬《たと》え話にされて、たいしてアルコールが回ってもいないのに顔が火照《ほて》ってくる。

人に頼《たよ》りにされるくらい能力があるのに、彼はもったいないことをしていると思う。でも、何故《なぜ》だろう。シオンというたったひとつの店に拘《こだわ》る流生のことが、とても一本気で男らしく見えた。

「やっぱりお前はすごいよ。流生」

「え？」

中学から数えて、もう十年以上も付き合っているのは流生一人だけだ。――まるでないものねだりをするように、自分とは何もかも正反対な彼に惹《ひ》かれている。

「俺のそばに、お前がいてくれてよかった。――流生は最高の親友だ」

夜景を透《す》かせた水槽を眺《なが》めながら、流生が、親友か、と呟《つぶや》いた。水割りのグラスを一口して、自分も同じ方へ視線を移す。

水槽に薄《うす》く映った彼と自分の間を、極彩色《ごくさいしき》の熱帯魚が、すうっと鰭《ひれ》をたゆたわせて横切っていった。

3

「——このたびは誠《まこと》にありがとうございます」

上司の隣《となり》でかしこまり、姿勢よく伸《の》ばした背中をお辞儀《じぎ》の形に折る。品のいい和卓《わたく》の正面に座っているのは、辻本建設の御曹司《おんぞうし》と、総務部長の山崎さんだ。

今夜は接待の予定で、赤坂の老舗料亭《しにせりょうてい》を訪《おとず》れている。

前回の商談から一週間が過ぎて、リース契約《けいやく》のおおまかな見積もりが固まった。まだ概算《がいさん》に過ぎないが、自分たちが提示した数字に、辻本さんも山崎さんも興味を持ってくれたらしい。詳しい説明を聞きたい、ということで、打ち合わせも兼《か》ねた一席を設けた。

「私どもでは、全機器最新モデルの投入を前提にお見積もりを算出させていただきました」

「拝見させていただいたところ、複数のメーカーでリース価格の対照表などがあると、さらにいいかと思ったのですが…」

「はい、それはこちらにご用意しております。御社《おんしゃ》で現在お使いのメーカーごとに、ピックアップさせていただきました」

「——ああ、これは分かりやすいですね。数字も非常にいい」

辻本さんと山崎さんが、顔を見合わせて頷《うなず》き合っている。自分たちが用意した資料は好感《こうかん》触《しょく》のようだ。

「ではこちらをもとに、正式な見積もりを出していただけますか。社内で検討させていただきますから」

「承知いたしました！　では後日また御社へお伺《うかが》いいたします」

「ええ。よろしくお願いします」

先方にいい返事をもらって、心の中で小さくガッツポーズをする。

仕事の話はとりあえずそこで終わり、酒を交えた和《なご》やかな時間が始まった。でも、自分はこういう席を上手にこなせる方じゃないから、やたら気疲《きづか》れしてしまう。辻本さんが会話を盛り上げて楽しい空気を作ってくれたけれど、それも申し訳なかった。やっぱり酒を飲むなら、静かな場所で過ごすのが自分には合っている。

趣味《しゅみ》の焼酎《しょうちゅう》談義に花を咲《さ》かせていた山崎さんと上司が、連れ立ってお手洗いに消えると、十畳《じょう》ほどの室内には、自分と辻本さんの二人しかいなくなった。

「辻本さん、お注《つ》ぎしましょうか」

「…ええ。ありがとう」

彼にお酌《しゃく》をしていると、グラスを見詰めていた眼鏡《めがね》越しの瞳が、ふとこっちを向いた。

「失礼ですが、伊澤――操さんですよね？　青葉台中学出身の」

「えっ」

突然《とつぜん》、母校を当てられてびっくりする。思わずボトルを持っていた手を止めた。

「は、はい。そうですが」

「やっぱり。キープボトルにそう書いてあるのを知っていますよ。僕の顔、見覚えがありませんか」

そう言って、辻本さんは眼鏡を外した。

「操さんがよくいらっしゃってる六本木のバー、シオンに、僕も出入りしているんですよ」

「え……あっ、ああ！」

素顔《すがお》に見覚えがあって、接待中だということを忘れて、つい声を上げてしまう。

そうだ。この人は流生の店の常連だ。自分が指定席にしているカウンターの、反対側の隅《すみ》の席でいつも渋《しぶ》く飲んでいる。狭《せま》い店だから、常連どうしはお互《たが》いに顔くらいは覚えているのだ。

「実は前回、会社の方でお会いした時から、あの操さんじゃないかな、とずっと思っていたんです」

「そうでしたか。それで――」

この間の商談の時に、辻本さんがちらちら自分を見ていたのは、そういう理由からだった。

シオンの常連と仕事先で会うなんて、すごい確率の偶然《ぐうぜん》だと思う。

「すいません、馴《な》れ馴れしく呼んでしまって。あの店のマスターがあなたを操と呼んでいるので、耳が慣れてしまいました」

「とんでもありません。お見知りおきくださって光栄です。こちらこそ失礼いたしました」

シオンには足繁《あししげ》く通っているが、これまで誰《だれ》かと誘《さそ》い合って来店したり、親しく言葉を交《か》わす常連仲間は特にいなかった。たいてい流生とばかりしゃべっているし、そうでなければ、カウンターの隅っこの目立たない席で、一人ちびちび飲んでいるだけだから。

「操さんはこの後、何かご予定はありますか？」

「え？　あ、はい。上司と少し打ち合わせが…」

「そうですか。せっかく近くまで来たので、シオンに行こうと思っているんです。操さんもどうですか。打ち合わせが終わったら、ご一緒《いっしょ》に」

まさか誘われるとは思っていなかったから、少し戸惑《とまど》ってしまった。でも、せっかくの機会を断る理由もない。

「はい。喜んでお供させていただきます」

辻本さんにそう返事をしたところで、席を立っていた上司たちが戻《もど》ってくる。室内が賑《にぎ》やかになって、自分はまた接待に追われた。

二次会で使ったクラブを出た後、辻本さんと山崎さんをタクシーに乗せて、いったん解散する。遅《おそ》い時間まで開いているカフェに入って、上司と見積もりのことで意見を交わした。接待中に得た情報と、次の対策を確認《かくにん》し合う。

「山崎さんの話によると、他社にも見積もりを出させているそうだ。これはまあ、想定内だな」

「はい。うちは新規な分、不利な争いになりますね」

「今日の反応は悪くなかったし、そこは数字で勝負するしかないだろう。明日の営業部会で議題に出すから、伊澤くんもそのつもりで」

「分かりました」

　簡単な打ち合わせを済ませてから、一人でタクシーに乗って六本木へ向かった。シオンのあるビルは目と鼻の先だ。十分足らずで到着《とうちゃく》して、通い慣れたビルの階段を二階へと上がる。

「――いらっしゃいませ」

　いつものごとく、白シャツに黒いスラックスで決めた流生が迎《むか》えてくれた。平日のせいか、カウンターには先客の辻本さんの他《ほか》に、数人がいるだけだった。

「駆《か》け付けの一杯《いっぱい》は何にする？」

「流生。悪いけど、ちょっと待って」

「え？」

「――辻本さん、すみません。お待たせしてしまって」

「やあ。先程《さきほど》はどうも」

　指定席には座らずに、辻本さんに声を掛《か》けた自分を見て、流生が怪訝《けげん》そうな顔をしている。

「こちらのお客様と待ち合わせをしていたのか？」

「ああ。仕事の関係でご一緒することになったんだ」

そうか、と呟きながら、流生はカウンターに温かいおしぼりを置いた。彼はいつも、それを両手で広げて渡《わた》してくれるのに。変だな、と思いながら辻本さんの隣のスツールに腰《こし》を下ろした。

「辻本さんは、何を飲んでらっしゃるんですか？」

「グレンリベットの水割りです。そちらはどうします？」

「では、私も同じ水割りを。先程の二次会までは焼酎でしたから……」

「焼酎も悪くないですが、余計に洋酒が飲みたくなりますね。さっきまでは賑やかだったから、三次会は静かに行きましょうか」

「――三次会、ですか？」

ボトルの栓《せん》を開けながら、流生が会話の中に入ってくる。辻本さんは彼へとにっこり微笑《ほほえ》んで、グラスに唇《くちびる》をつけた。

「操さんが先日、商談でうちの会社にいらっしゃいましてね」

ぴくん、と流生の左の眉毛《まゆげ》が動く。気に入らないことがあった時の彼の癖《くせ》だ。こういうところは中学時代と変わらない。

「今夜は接待していただいて、その流れでここへ来たという訳です」

「……へえ、それで待ち合わせをされたんですか」

カラカラ、と流生が右手で回すマドラーが、液体の中なのにやけに乾《かわ》いた音を立てる。作ってもらった水割りは普段《ふだん》よりも濃《こ》い。薄《うす》めの方が好みなのを知っているくせに。一杯目を出し終えると、彼はさっさと他の客のところへ行ってしまった。

どうしたんだろう。今日の流生はどこかおかしい。隣《となり》から辻本さんがあれこれ話をしてくれるのに、流生のことが気になって、内容の半分も頭に入って来なかった。

「マスターとの付き合いはだいぶ長いんですか？」

「あ……、はい。中学の同級生ですし、高校も一緒なんですよ」

「いいですね、古い友人と今も親しくしているのは。僕もぜひ、操さんと親しくなりたいな」

「え？」

「またこうして二人で飲みませんか」

一瞬《いっしゅん》、公私どちらで誘われたのか計りかねた。でも、とても気さくで紳士《しんし》的な人だし、何より商談相手だということもあって、深くは考えずに返事をした。

「嬉《うれ》しいです。──ぜひ、お願いします」

辻本さんと携帯電話《けいたいでんわ》の番号やアドレスを交換《こうかん》し合っていると、カウンターを挟《はさ》んで斜《なな》め向こうから、流生の視線を感じた。気になって彼の方を見返しても、今度はそれとなく視線を逸《そ》らされる。何だろう？　今日はやけに、流生の態度が引っかかる。

「何だよ……いったい」

そう呟《つぶや》いている間も、髪《かみ》や耳の辺りがむずむずして、流生の視線を意識し続けていた。


辻本建設の正式な見積もりを請《う》け負ってから、通常の業務と相まって、自分の身辺も俄《にわ》かに忙《いそが》しくなった。

営業部に籍《せき》を置いて三年、こんなに大きな会社との取引に関《かか》わるのは初めてのことだ。担当を任された誇《ほこ》らしい気持ちもあって、俄然《がぜん》力が入ってしまい、ここ暫《しばら》くは見積もりを出すための資料チェックに追われている。

だいたいの数字はこの間の接待の時に把握《はあく》出来たけれど、競合他社よりも安く、なおかつ、こちらが十分な利益を出せるような見積もりを計算しなければならない。資料を片手に電卓《でんたく》を叩《たた》いていると、並んだデスクの向こうにいた上司から、お呼びがかかった。

「——伊澤くん、ちょっと」

「はい」

「辻本建設のことなんだけどね」

上司のところへ資料を持って行って、見積もりの意見を聞く。営業部で今期一番の契約《けいやく》になりそうだから、自分を担当に抜擢《ばってき》してくれた上司も、念入りにサポートしてくれるのだ。

「午前中、君に試算を提出してもらったが、少し厳しいな。あれではうちの利益が薄い。契約に付加価値をつけて、もう少し金額を上げるように出来ないか」

「付加価値となると、次回更新《こうしん》時の割り引きか、消耗品《しょうもうひん》の無料提供か、他にはメーカーサービスが考えられますね」

「割引率はまだ不透明《ふとうめい》だし、消耗品も増減が読めない。ううむ…」

「どうでしょう。メーカーさんに間に入ってもらって、優先的なスケジュールでメンテナンスをお願いする、というのは。先方にとっても好条件だと思うのですが」

「そうだな、それなら固定費として計上もしやすい。早速《さっそく》メーカー側に問い合わせてみてくれ」

「分かりました」

具体的なアイデアを相談して、自分のデスクに戻って外線電話をかける。とにかく今回の契約を成功させたくて、精力的に働いた。

「疲《つか》れた……」

帰宅ラッシュを外れた電車に乗れるのは嬉しいけれど、少し疲れが溜《た》まっているようだ。空いたシートに座っていると自然に瞼《まぶた》が下りてくる。ガタン、と線路のカーブで揺《ゆ》られるたびに、気が付いて居眠《いねむ》りから覚めた。

慌《あわ》ただしかった日々も、今日、上司からようやく見積もりにOKが出たことで一段落ついた。自分としても出来る限りのことをして、納得《なっとく》のいくものが仕上がったと思う。あとは明日、これを辻本建設へ説明しつつ提出すればいいのだが、少し不安があるので、資料を持ち帰って最終チェックをすることにした。

都心の外れにあるマンションに戻《もど》り、早速パソコンを立ち上げる。買い置きのパンを齧《かじ》りながら書類を読んでいると、口の中の味気なさに溜息《ためいき》が出そうになった。

「最近まともなもの食べてないな」

元々、自炊《じすい》はあまりしない方だ。今までは週に二回はシオンに立ち寄っていたから、そこで流生に食事を作ってもらったりしていた。

彼はマスターをやっているだけでなく、調理師免許《めんきょ》も持っている。店で出すフードは全部流生の手作りで、それも常連客たちには人気なのだ。

「――流生のカレーが食いたい。チキンが入ったココナッツ風味のやつ」

彼の得意な本格タイカレーを思い出しながら、ぱさついたパンを飲み込む。このところ仕事に集中していたから、暫く流生の顔を見ていない。

前回会ったのは辻本さんを接待した日で、あの時の流生は何故《なぜ》か不機嫌《ふきげん》そうだった。あれから心のどこかでずっと気になっているのに、シオンに行って確かめる余裕《よゆう》はなかった。

流生は今頃《いまごろ》何をしているんだろう。今日は木曜日だから定休日だよな……、とぼんやりしてから、はっと我に返った。

「駄目《だめ》だ。仕事仕事」

酷使《こくし》してちかちかする両目を擦《こす》っていると、突然《とつぜん》、玄関《げんかん》のチャイムが鳴る。こんな時間に訪ねて来る奴《やつ》は一人しかいない。

「はいはい――。どなたですか」

チェーンを外してドアを開ける。すると、外廊下《ろうか》の明かりを遮《さえぎ》るようにして、長身の男がそこに立っていた。

「やっぱりお前か」

予想を的中させた自分に、よう、とか、おう、とか、流生は短い言葉を返してきた。いったいどうしたんだろう。夜風に吹《ふ》かれて寒そうな彼を、急いで玄関に迎《むか》え入れる。

「連絡《れんらく》してくれたらよかったのに。どうした？」

「いや、暫く店に来ないから、ぶっ倒《たお》れてるんじゃないかと思ってな。様子を見に来た」

「栄養不足だけど何とか生きてるよ」

「ちゃんと食わないと持たないぞ？　ちょっと放っておくとすぐこれだ」

流生の笑った顔を見たら、何だかほっとした。今日の彼は機嫌がよさそうだ。

「仕事で忙しかったんだよ。大きい契約の担当を任されちゃってさ」

「仕方ない奴だな。ほら」

そう言うと、流生は自分の目の前に小さな袋《ふくろ》をぶらりとさせた。

「何？」

「差し入れ。お前の好きなタイカレーとプラー・クン（エビと香草《こうそう》のサラダ風）」

「嘘《うそ》っ。――めちゃくちゃ嬉しい。食べたかったんだ、それ」

「だと思った。温め直すから、キッチン借りるぞ」

部屋に上がった流生は、着ていた革《かわ》のコートを脱《ぬ》いでキッチンに立った。彼が鍋《なべ》や皿を出しているのを、背中側から見詰《みつ》める。

「仕事の途中《とちゅう》なんだろ？　準備出来たら呼ぶ」

「うん」

そうは言ったものの、てきぱき食事の準備をしている彼を眺《なが》めていると、何だかありがたくて仕事に戻る気をなくしてしまった。

「どうした？　そんなに腹がへってたのか」

キッチンに立ったままでいた自分を、流生はからかうように見やって、おたまで鍋をかき回した。辺りにスパイスとココナツのいい香《かお》りが広がっていく。この部屋で料理をしている時の流生は、とてもリラックスしていて、こっちまで穏《おだ》やかな気持ちになるのだ。

「飲み物でも出してろよ。酒は持って来てないぞ」

「そうだな。俺は明日まで飲めないから、お茶でいいか」

冷蔵庫に入っていたビールには手をつけずに、緑茶のペットボトルを出してグラスに注ぎ分ける。流生の得意料理のカラフルなプラー・クンも、それぞれの皿に盛った。

「明日？」

「うん。取引先に行って、見積もりを提出するんだけど、簡単な説明もするんだ」

「操が？　随分《ずいぶん》大役を任されたんだな」

「意外そうに言うな！　俺だって、仕事頑張《がんば》ってるんだからな」

「それは分かってるよ。お前は昔から、何でも真面目《まじめ》に取り組んでやり遂《と》げるからな。——よし、出来たぞ。座れ」

湯気の立つカレー皿がテーブルに並べられて、久々に充実《じゅうじつ》した夕食にありつけた。風味の独特なタイ米がカレーによく合う。外国の料理はなるべく現地の材料で作る、というのが流生のポリシーだ。

「うまい…っ。バーよりレストランやった方が儲《もう》かるんじゃないか？」

「シオンはシオンで需要《じゅよう》があるんだよ」

「これ定番メニューにしろよ。俺、毎日食いに行くから」

「仕込みに何時間かかると思ってんだ。スパイスから擂《す》って作ってんだぞ」

「そうだよなあ。こんなうまいの、即席《そくせき》じゃ出せないよな」

味に満足してひっきりなしにスプーンを動かしていると、流生が、マスターをしている時とは違《ちが》う柔和《にゅうわ》な顔で笑った。

「まあ、お前に食わせるためなら幾《いく》らでも時間かけるけど」

「おおー、優《やさ》しい」

「茶化《ちゃか》すなバカ。お前はいつもうまそうに食うだろ。だから腕《うで》の見せ甲斐《がい》がある」

「へえ。そういうもんなんだ」

流生が料理に手を抜《ぬ》かないのは知っているけれど、自分が彼にそうさせていると聞いて、むしょうに嬉《うれ》しくなる。

それに、流生のマンションからここまで距離《きょり》があるのに、心配して差し入れに来てくれるなんて。前に会った時の不機嫌そうだった彼とは思えない。

「なあ流生、この間店で会った時さ、お前変だったけど。何かあったのか？」

「別に。何もねぇよ」

ちらりとこっちを見た後で、流生は香草と和《あ》えたエビのサラダに箸《はし》を伸《の》ばした。何となく彼にはぐらかされたような感じがする。そのまま会話が途切《とぎ》れてしまい、間がもたなくなって話題を探した。

「そう言えば、お前知ってたか？　俺と一緒《いっしょ》にいた辻本さん——シオンの常連さんみたいだけど、あの人さ、明日俺が商談する会社の御曹司《おんぞうし》なんだ」

「ふうん。そうなんだな。俺は客のプライベートは興味ないから」

「でもすごいよな。あの歳で大手ゼネコンの次期社長って言われてるんだって。生まれも育ちも俺とは全然違うし、見た目もすごく格好いいし、接待の時もすごく気さくでさ。こっちが緊《きん》張《ちょう》しないように気を配ってくれたりして、優しい人なんだよ。本当にいるんだなあ、ああいう人」

「――」

ぶすっ、とエビを突《つ》き刺《さ》した流生の箸が怖《こわ》い。この間と同じように不機嫌に曇《くも》った、彼の瞳《ひとみ》も。

何の確証もないけれど、流生の機嫌を左右しているのは辻本さんではないのだろうか。

「流生はもしかして、辻本さんが嫌《きら》いなのか？」

すると、流生は自分から視線を逸《そ》らして、疲《つか》れた風に溜息をついた。

「あの男には気をつけろ」

「……流生？」

流生が呟《つぶや》くように言ったから、言葉の意味までは自分に伝わってこなかった。

「気をつけろって、何を？　取引先だから細心の注意を払《はら》えってこと？」

流生はそれ以上話題を続ける気はなかったようで、エビを口にしながらプラー・クンの皿をこっちへ寄せてくる。

「ほら、操、サラダも食え」

「え……うん」

自分の問いかけは、あっさりと彼に受け流されてしまった。

釈然《しゃくぜん》とはしないけれど、せっかくの料理を楽しめなくなるのは嫌《いや》だ。辻本さんのことはとりあえず頭の隅《すみ》に追いやって、カレーのおかわりを二回する。さっきとは打って変わって、流生は皿を空にしていく自分を見ながら、嬉しそうな顔をしていた。

「ごちそうさま」

満腹になった後は、早々にキッチンから追い出された。洗い物ぐらいすると言ったのに、彼は準備の時と同じ調子でさくさく後片付けを始めてしまう。

「置いといてくれたら俺やるのに」

「いいよ。お前は仕事に戻《もど》れ。後でコーヒー淹《い》れてやるから」

「――ごめんな。流生」

いいって、と泡《あわ》だらけのスポンジを持ち上げて、流生はそれを耳の横で振《ふ》った。何くれとなく気を遣《つか》ってくれるくせに、少しも押し付けがましくない。彼のことを大人だな、と思うのは、こんな時だ。

今日は素直《すなお》に流生に甘えることにして、寝室兼書斎《しんしつけんしょさい》でつけっ放しにしていたパソコンの前に戻った。たくさんの書類を引き比べて、どこかに不備がないか、自分が安心出来るようにチェックしたい。

そう思って数字を見ていると、次第《しだい》に意識が薄《うす》れていって、ドアの向こうで流生が立てていたシンクの水音も聞こえなくなる。疲れと満腹の気持ちよさも手伝って、ついうとうととしてしまった。数秒間か数分間か分からない、夢見心地《ごこち》の空白が訪《おとず》れる。

「……」

深いところまで沈《しず》んでいた意識が、ふとしたことで浮上《ふじょう》した。唇《くちびる》の辺りがくすぐったい感じがして、指をやって子供のようにむずかる。

「ん――？」

薄目《うすめ》を開けると、すごく近いところに流生の顔があった。霞《かす》んだ視界を埋《う》める、彼の男っぽい微笑《びしょう》にどきんとする。

「流生…、え、ごめん。俺寝《ね》てた…？」

「ああ、涎《よだれ》たらしてたぞ。ほら、コーヒー淹れたけどまだ仕事するのか？」

「いや、簡単な確認《かくにん》だから、あと少ししたら寝ようかと思ってる」

「そうか。無理するなよ」

流生は微笑を苦笑へと変えて、机の上の空いたスペースにマグカップを置いた。湯気と一緒にコーヒーのいい香りが立ち上って、部屋じゅうを包み込んでいく。

「――いただきます」

流生が淹れてくれたコーヒーは苦味がまろやかだった。うちにあったインスタントの豆なのに、自分で淹れたコーヒーより倍くらいおいしい。

「じゃあ俺は、向こうの部屋に行ってるから。倒《たお》れない程度に頑張れ」

空になったトレーを持って、流生が寝室《しんしつ》を出て行く。彼も定休日は体を休めたいだろうに。そう言えば、この前の休みは一緒に水族館に行った。自分が楽しい時間を過ごしたように、流生も自分といて、楽しいと思っていてくれたらいい。

せっかく彼が眠気覚《ねむけざ》ましのコーヒーを淹れてくれたのに、時計が深夜を過ぎる頃《ころ》になると、また瞼《まぶた》が下がり始める。資料の内容がちゃんと頭に入って来なくなった。

「これを読んだら、寝ようかな……」

ふあ、と欠伸《あくび》をしてから、机に頰杖《ほおづえ》をつく。その辺りから記憶《きおく》がふっと途切れてしまった。体が傾《かたむ》いていく感じがして、何の音も聞こえなくなる。そのまま熟睡《じゅくすい》してしまったようで、次に目を開けたら、ちゃんとベッドに入って横になっていた。

「――あれ？」

一瞬《いっしゅん》、時間の感覚がなかった。窓のカーテンの向こうは明るくなっていて、いつの間にか朝が来ている。

「操」

ノックの音が聞こえ、流生が開けたドアから顔を出した。目をしょぼしょぼさせている自分を見て、彼は小さく笑った。

「おはよ…」

「おう。昨夜《ゆうべ》はお前、椅子《いす》で寝てたぞ。しょうがないからそっちへ運んだ」

「うん――ごめん。今何時？」

「七時半」

「えっ！　何で起こしてくれなかったんだよー」

出勤時刻になっていたと聞いて、ベッドから飛び起きる。クローゼットから慌《あわ》てて着替《きが》えを出し、寝癖《ねぐせ》で爆発《ばくはつ》している頭にあたふた手をやっていると、流生がドアに凭《もた》れながら言った。

「お前が疲れてるようだったから、ギリギリまで寝かせてやろうと思って。朝メシ、いるか？」

「食べたいけど時間が…」

「サンドイッチを作ったから、車の中で食え。会社まで送ってやる」

「本当か？　ありがと流生！」

ワイシャツとネクタイを引っかけた半端《はんぱ》な格好で、ぎゅうっ、と流生に抱《だ》き付く。彼は面食《めんく》らったように両目を大きく瞬《またた》かせた。

これまで付き合った歴代彼女でも、ここまで世話をやいてくれた女はいない。並の男よりずっと男くさいくせに、流生がやることは女より細やかで行き届いている。

「お前――いい奥さんになれるよ」

「何だそれ。お前がダンナか？」

自分より随分《ずいぶん》身長が高い奥さんというのも癪《しゃく》だけれど。そう思っていたら、大きな掌《てのひら》でぐしゃぐしゃに頭を撫《な》でられた。

流生と自分が夫婦《ふうふ》なんて、そんな笑える想像をしてしまうのは、まだ頭がちゃんと起きていないからだろう。すると、流生が困ったような顔をしながら、ワイシャツの襟足《えりあし》を摘《つ》まんで、自分を胸元《むなもと》から引き剝《は》がした。

「早く用意しないと、遅刻《ちこく》するぞ」

「うんっ」

ばたばたと洗面所へ駆《か》けた自分の後ろ側で、流生が軽く溜息《ためいき》をついたのが分かる。我ながら子供っぽいことをしたかな、と反省して、冷たい水で顔を洗った。

大急ぎで着替えを済ませて、資料やらノートパソコンやらを突っ込んだ鞄《かばん》を片手に、マンションを出る。近所のコインパーキングに停《と》めてあった流生の車に乗り込んでから、やっとひと心地つけた。

「道、混《こ》んでないといいいな」

そう言いながら、流生がアクセルを踏《ふ》む。車は軽快なエンジン音を立ててパーキングを出発した。

「ほら。朝メシ」

「うん——」

助手席の自分に、流生がサンドイッチの包みを渡《わた》してくれる。そっと彼の顔を見ると、目許《めもと》に眠《ねむ》たそうな影《かげ》がうっすらと出来ていた。

「…流生、昨夜はあまり寝てないだろ」

「ん？　ああ。店ではいつも朝まで起きてるし。これから帰って休むよ。お前が働いてる時に、悪いな」

「そんなこと……」

流生に申し訳ないことをしているのは自分の方だ。せっかくの休日に差し入れをしてもらって、車まで出させて、彼に甘えきっている。

膝《ひざ》の上に載《の》せた手作りのサンドイッチから、仄《ほの》かな温《ぬく》もりが伝わってくる。中身はハムと卵で、流生がこれを作ってくれている間、自分は何をしていたんだろう、とふと思った。彼の優《やさ》しさはいつでも、どんな時でも変わらないから、時々こうして立ち止まらないと、自分はそれに気付くことさえ出来ない。

大人な流生に比べて自分がとても半人前な気がして、サンドイッチを指に取ったまま、口まで運べなかった。

「操？」

ハンドルを切りながら、流生が心配そうに自分を呼んでいる。こんなちょっとしたきっかけで気持ちが落ちてしまうのは、昔からの自分の悪い癖《くせ》だ。

「どうした？」

「…いや。お前には迷惑《めいわく》かけてるよな、と思って」

「今更《いまさら》何を言ってんだ」

「俺はいつまで経《た》っても半人前だからさ。今日の商談もうまくこなせるか、何だか自信がなくなってきたよ……」

考えれば考えるだけ、プレッシャーも相まってますます気分が落ち込んでいく。付き合う彼女のことまで流生に見てもらっている状態だ。こんな自分では、一人前の社会人とはとても言えない。

「どうしよう。……俺、駄目《だめ》かも」

「マンションを出るまでは元気だったくせに。——忙《いそが》しい奴《やつ》だな、お前は」

不意に、流生の手が伸《の》びてきて、自分の髪《かみ》へと触《ふ》れる。セットをした毛先から感じる彼の指が温かい。

「落ち着けよ。操なら大丈夫《だいじょうぶ》だ」

優しく頭を撫でられて、訳もなく心臓がとくん、と鳴った。

「商談はうまくいく。お前は仕事を堅実《けんじつ》に重ねていくタイプだから、何の心配もいらない」

「流生…」

「俺がお前のことで、間違《まちが》ったことを言った例《ため》しがあるか？」

「ううん。――ない」

「そうだろ。だから大丈夫だよ。自信を持て」

さりげなく励《はげ》ましてくれた流生が、微笑みながら手をハンドルに戻《もど》す。彼はいつもこうして、自分に力をくれるのだ。

「流生、俺、頑張《がんば》ってくる」

「ああ。仕事が済んだらシオンに来いよ。いい酒飲ませてやる」

「うん――」

どうしたんだろう。優しい彼の横顔を見ていると、眩《まぶ》しく思えて鼓動《こどう》がいっこうに止《や》まない。

車のフロントガラスの向こう側に、見慣れたオフィス街の光景が広がってくる。流生を見詰《みつ》めているのがとても照れくさくなって、そっちの方へ視線を外した。

「操は本当に、俺がいないと駄目だな」

まるで独り言のように彼が呟《つぶや》く。泳いだ瞳《ひとみ》でミラーを見ると、一瞬、四角いその中で流生と視線が重なった。

「小さなことでくよくよするし、危なっかしいし、――だから目を離《はな》せない。中学の頃からこんな調子だ。お前のことが放っておけなくて、俺は困ってるよ」

　全然困っていないような、甘い響《ひび》きをした声が車内に満ちた。恥《は》ずかしいのか、嬉《うれ》しいのか、自分の胸の奥がふわりと弾《はず》む。それをごまかすようにサンドイッチを頬張《ほおば》った。

「――流生のおかげだ。今日は本当にありがとう」

「俺はお前を会社まで送っただけだぞ？」

「お前が励ましてくれたから、ガチガチにならずに済んだ。商談もスムーズに進んだよ」

「そうか。まあとりあえず、お疲《つか》れってことで」

　チン、とグラスとグラスを触れ合わせて乾杯《かんぱい》する。

　流生が励ましてくれたおかげで、あれから辻本建設に出向いてからも、緊張《きんちょう》せずに話が出来た。

「これで契約《けいやく》まで一気に行けたら御《おん》の字なんだけど」

「何だよ、まだ関門があるのか？」

「うん。ライバル会社も同じように見積もりを出してるから。うちは新参者だからこそ、良《い》い結果を出してないと契約が取れないと思うし」

見積もりを渡したのは総務部長の山崎さんと辻本さんの二人。その場での説明を熱心に聞いてくれた様子を見る限り、感触《かんしょく》としては悪くはないと思う。

結果はまだ分からないけれど、今日で仕事に一区切りがついた。安心した気分になってますますアルコールが進んでいく。

いつも以上に水割りがおいしく感じるのも、流生のおかげだ。お前なら大丈夫——という彼の一言にとても勇気付けられた。流生が支えていてくれたら何でも出来そうで、自分に自信が持てたと思う。カウンターの向こうにいる彼を見上げて、つい、本音を零《こぼ》してしまった。

「……悔《くや》しいけど、いい男だよなあ」

「え?」

「独り言だよ」

十年来の親友に、正直な気持ちを言うのは気恥《きは》ずかしい。彼を見ていると無意識に心音のピッチが上がるのも。

金曜日で混み合うはずの店内で、流生はわざわざ自分のために、指定席を空けて待っていてくれた。さりげない彼の優しさが、またとくん、と自分の左胸を鳴らせる。

「契約が取れたらもう一回打ち上げしないとな」

数種のフードを盛ったプレートを出しながら、流生がそう言った。まるで商談がうまくいったご褒美《ほうび》のように、自分の好物ばかり並んでいる。

「何か俺、餌付《えづ》けされてる？」

「今頃《いまごろ》気付いたのか」

「でも、昨日からずっとお前に世話になりっ放しだ。流生のおかげで元気出た」

「カレーのおかげか？」

「あれは本当にうまかったからなあ。また作ってくれよ」

本当はただ、流生がそばにいてくれるだけでいいんだけど。それを言うことは出来ずに黙《だま》っていると、カウンターにいた他《ほか》の客が、彼にそっと声を掛《か》けた。

「マスター、お会計頼《たの》むよ」

「はい。今日は早いお帰りですね」

「ああ、明日から出張でバンクーバーへ行くんだ。そう言えばマスターも行ったことがあるって言ってたよね」

それを聞いた流生の瞳が輝《かがや》き、自分だけに向けられていた眼差《まなざ》しが、他の客へと移っていく。

二人がしている話は自分にはついて行けない話題で、少し疎外《そがい》感を覚えてしまった。

「ええ。バンクーバーにはアイスワインの買い付けで何度か足を運んでいます」

「凍《こお》った葡萄《ぶどう》で作るやつだろ？　アイスワインってドイツの方がメジャーだと思ってたけど」

「最近はカナダ産も人気が上がってるんですよ。何せ向こうは環境《かんきょう》がいいから、現地の人にホームステイをさせてもらって、サーモンの燻製《くんせい》の手ほどきも受けられますしね」

「いいね、それ。また飲みたくなっちゃうじゃない」

「今度うちでも手製のやつを出しましょうか」

楽しそうに談笑《だんしょう》している流生を眺《なが》めていると、自分だけが取り残されたようで、寂《さび》しくなる。

胸の中にはもやもやとしたものが広がっていて、どうしてだろう、と考えてもその答えが見付からない。

無言のままの自分の数席向こうで、客がスツールから立ち上がった。

「――じゃあ、ごちそうさま。またね」

「ありがとうございました。お気をつけて」

客を送り出してから、流生はスラックスのポケットに手を入れた。煙草《たばこ》を取り出す時の彼の仕草だ。

二人きりになると、流生はマスター然とした態度を少し崩《くず》して、食事を摂《と》ったり煙草を吸ったりする。プロ意識の徹底《てってい》している彼が、自分の前でだけは素《す》の姿を隠《かく》さない。それをじっと見詰めていた視線に気付いて、流生は片目を見開いた。

「何ふてくされてんだ？　酒が足りないのか」

「……別に」

「――明らかに機嫌《きげん》悪いだろ。っと、煙草切れてた。操、ちょっと店番してろ。ちょうど客が途切《とぎ》れたところだし、任せても大丈夫か？」

「うん」

「悪いな。すぐ戻る」

流生は薄《うす》い上着を羽織っただけの格好で、煙草を買いに出て行った。寒がりの自分にはとても真似《まね》出来ないけれど、目的地は近所のコンビニだろう。流生はこの店を一人で回しているから、こうしてちょっとした店番を頼まれるのは初めてじゃない。

流生がいなくなった途端《とたん》、ＢＧＭのジャズがやけに大きく聞こえてくる。小さな店ながら、こうして見るとなかなか趣《おもむ》きがある、いつまでも居座りたくなるバーだ。

「静かでいいな――」

ここ以上に落ち着く場所を自分は知らない。この店と、流生がいるから、自分は頑張れる。でも、さっきのような客とのやりとりを見ていると、時々不安に思うことがあった。流生はこの小さな場所に、本当に満足しているんだろうか。

「もっと欲張《よくば》ったりしないのかな。あいつ」

彼は自分の店をとても大事にしている。シオンは元々、流生の親類が経営していたバーで、彼は大学生の頃《ころ》からここでバイトをするようになった。頭の回転がよく、話し上手の社交家で誠実な性格だった流生は、客の間でたちまち評判になり、当時から彼を目当てに来店する人も少なくなかった。

通っていた外国語大学でも成績優秀《ゆうしゅう》で、将来は海外の大学院に進学して研究者になることを嘱望《しょくぼう》されるほどだったのに。机に一人で向かってする仕事より、人を楽しませる仕事の方が好きだと言って、経営者の親類が体を壊《こわ》して引退したのをきっかけに、流生は自分の意志でシオンを継《つ》ぐことを決めたのだ。

彼の可能性を狭《せば》める気がして、その選択《せんたく》に自分は一時、反対したけれど、現在の『知る人ぞ知る名店』と呼ばれるようになったシオンを思うと、流生が選んだ進路はけして間違《まちが》っていなかったことが分かる。

流生は学生時代に習得した語学を駆使《くし》して、交渉《こうしょう》術や営業力を磨《みが》き、自分の力で人脈を拡《ひろ》げて、世界中から珍《めずら》しい酒を仕入れている。各国の情報や文化にも精通しているから話題も尽《つ》きることがない。何より、シオンがクオリティの高いバーへと成長出来たのは、流生のマスターとしての魅力《みりょく》が人を惹《ひ》き付けるからだろう。

大勢の客に囲まれ、ずっと年上の大人たちと対等に渡《わた》り合う流生は、たまに自分が知らない別人に見えた。同級生だった頃の彼が遠く思えて、それがとても寂しくて、彼と自分の間に距《きょ》離《り》があるような、見えない何かを感じてしまう。

流生はその気になれば、いつだって広い世界に飛び出して行ける。それとは対照的に、平凡《へいぼん》なビジネスマンで、毎日あくせく仕事をこなしている自分のことを、彼はどう思っているんだろう。

一人で物思いに耽《ふけ》りながら店番をしていると、程《ほど》なく入り口のドアが開いた。外の通路から男の人影《ひとかげ》が見えて、流生か、と思ったら、違う人だった。

「いらっしゃいませ――」

遠慮《えんりょ》がちに言いながらスツールを立つ。これまで何度も店番を頼まれているのに、こういった接客はいっこうに慣れない。そんな自分に掛けられたのは、優《やさ》しい声だった。

「こんばんは」

「辻本さんっ？」

上質そうなコートを脱《ぬ》ぎながら辻本さんが自分の方へと歩いてくる。昼間仕事で会ったばかりだ。それから数時間もしないうちにプライベートな場所で会うと、変な気分がした。

「偶然《ぐうぜん》ですね。――伊澤さん。今日はお疲《つか》れ様でした。ＯＡサポートさんの案に、父もたいへん関心を示していましたよ」

「本当ですか！　ありがとうございます」

商談の結果、辻本さんからもらった反応は、彼の立場を考えてみてもとても嬉《うれ》しいものだった。思わず仕事の話をしてしまいそうになるが、今ここでそれを続けるのは無粋《ぶすい》というものだろう。

「おや？　マスターはどうされましたか？　彼の姿が見えないようですが」

「今ちょっと席を外していますので、注文はもう少し待っていただけませんか？　すぐに戻《もど》ってくると思いますから」

「……ええ、結構ですよ」

親しく話をしてもらえても、取引先の御曹司《おんぞうし》だと思うとつい緊張《きんちょう》してしまう。辻本さんがスツールに座るのを待って、改めて頭を下げた。

「今日は本当にありがとうございました。皆《みな》さんの前でお話をさせていただいて、私も勉強になりました」

「こちらこそ、いい見積もりを出してもらって喜んでいます。今回の契約《けいやく》の決裁権は僕にありますから、現時点ではまだお答え出来ないんですが、慎重《しんちょう》に考えさせてください」

「はい――心得ております」

「それにしても操さん」

ふと、辻本さんと肩《かた》が触《ふ》れ合う。

気が付けば随分《ずいぶん》近いところに彼の端整《たんせい》な顔があった。

「今日の君はとても素敵でした」

「……は？」

何を言われているか、その時は単語が頭に入ってこなかった。「素敵」って何だろう？

「え、えっと、ありがとう、ございます」

御礼《おれい》を言うのも奇妙《きみょう》な気がして、軽く笑ってごまかした。

「辻本さんこそ、お若いうちから経営を学ばれて、重役の方々から一目置かれてらっしゃるそうですね」

「おや。誰《だれ》がそんなことを。父のそばで職務に励《はげ》んでいるだけですよ」

「でも、誰にでも出来ることではないと思います」

「操さんに褒《ほ》められると、とても気分がいいですね。……君が好意を持ってくれていると、期待してもいいのかな」

「え？」

こんな月並みな褒め言葉なんて、飽《あ》きるくらい言われているだろうに。そう思って小首を傾《かし》げていると、辻本さんはますます自分の方へと身を寄せてきて、艶然《えんぜん》と微笑《ほほえ》んだ。

「前々から、君のことが気になっていたんです。容姿は勿論《もちろん》ですが、仕草や、雰囲気《ふんいき》がとても僕の好みだ」

「好み――？　え？」

「僕のような人間は珍しくないでしょう？　君ならたくさんの男に誘《さそ》われていそうだし」

誘われている？　男相手にそんなことあり得ない、と言葉で言い返す代わりに、ぶるぶるぶるっ、と首を振《ふ》って、思いきり否定する。

「あ――そうか。君にはマスターがいますからね」

どうしてそこで流生が出て来るんだろう。親友との仲を誤解している辻本さんが、だんだんと不審《ふしん》に思えてきた。

「どうです？　たまには別の男と楽しんでみては」

「あ、あの、辻本さんが何をおっしゃっているのか分かりません」

どこかうっとりとした彼の瞳《ひとみ》が、不穏《ふおん》な空気を煽《あお》って、自分の腕《うで》の辺りに鳥肌《とりはだ》を立たせる。シャツの下に冷たい汗《あせ》をかきながら、何とか平静になろうとして口を噤《つぐ》んだ。

「そんなに恥《は》ずかしそうな顔をして、とても可愛《かわい》い人ですね」

キスの角度で顔を近付けられて、そこでやっと、彼が自分を口説こうとしていることを悟《さと》った。どくん、と心臓が音を立てるのと同時にスツールから立ち上がる。

「やめてください！」

咄嗟《とっさ》に上げた拒絶《きょぜつ》の声が、店内に大きく反響《はんきょう》した。パニックに陥《おちい》りそうな自分の前で、くす、と辻本さんが含《ふく》み笑いをしている。

「これは驚《おどろ》いた。初めてでしたか。僕はてっきりマスターと出来ているものかと」

本当に意味不明なことを言う人だ。流生と自分がそんな関係だなんて、ありもしない想像はやめてほしい。

「で、出来てるっ？　あなたはいったい、何をおっしゃってるんですか…っ」

「え？　付き合っているんじゃないんですか？　では彼女は？」

一瞬《いっしゅん》、先日ふられたばかりの愛美のことが頭をよぎり、返答に詰《つ》まってたじろいだ。辻本さんが嬉しそうに頷《うなず》いたのを見て、背中の汗が止まらなくなる。

「いないようですね。では今はフリーですか。参ったな、ますます君が欲しくなった。──僕のものになりませんか。大切にしますよ」

辻本さんは全くこっちのことを気にせずに話を進めている。得体の知れない怖《こわ》さを感じて、今度こそキスをしようと迫《せま》ってくる彼を、うまく力の入らない両手で押し戻した。

「お、お断りします……っ」

「──何故《なぜ》です？　僕はこんなに君を求めているのに、何故君は僕を拒《こば》むんですか」

そう言った瞬間、辻本さんの顔から表情が消えた。店の外へと逃《に》げようとした自分の服を、彼の手が後ろから掴《つか》んで引っ張っている。早くこの人から離《はな》れなければ、何をされるか分からない。

もがいているうちに店の奥の方へと追い立てられて、装飾品《そうしょく》の並んだ逃げ場のない壁《かべ》に背中をついた。

「辻本さん──やめてください」

「ああ、やっぱり可愛いですね。普段《ふだん》の綺麗《きれい》な顔もいいと思ったのですが、泣き顔も見てみたくなる」

男を相手に、綺麗とか泣き顔とか、辻本さんが言っていることはおかしい。

混乱して、どうしたらいいか分からずに両足が竦《すく》んだ。そのまま動けないでいると、すい、と辻本さんの右手に自分の顎《あご》を捕《と》らえられる。キスをされそうになって、寒気と嫌悪感《けんおかん》で唇《くちびる》を嚙《か》み締《し》めた時、ナイフのように鋭《するど》い声が、店の入り口の方から聞こえてきた。

「何してんだ‼」

靴音《くつおと》を鳴らして、流生がまっすぐにこっちへやって来る。空気が凍《こお》り付くくらいの迫力《はくりょく》を纏《まと》った彼に、思わず息を飲んだ。

「操」

ぐいっ、と肩を摑まれて流生の方へと引き寄せられる。彼の呼吸は荒《あ》れていて、感情が爆発《ばくはつ》する寸前のようだった。

「流生…っ」

小さく呼んだその声ごと、流生の胸の中へと抱《だ》き締められる。守ってくれた彼の雄々《おお》しさに視界が霞《かす》んだ。すっぽりとそこに包まれているうちに、乱高下していた自分の心音が流生の心音と混ざって、少しずつ安堵感《あんどかん》へと変わっていった。

「マスター。どうしたんですか？　そんなに慌《あわ》てて」

混乱からまだ醒《さ》め切っていない自分の手が、ぎゅ、と流生のシャツを摑んでいる。その手元へと落ちてきた彼の視線が、許せないものを見たようにきつくなった。

「——失礼いたしました、お客様。揉《も》めているように見えましたから」

「二人で話をしていたんですよ」

「話？　とてもそうは思えませんが」

「今日の商談のことを、少しね。……そうですよね、操さん」

水を向けられても答えられない。気が付けば流生の左側の眉《まゆ》が吊《つ》り上がっている。彼は、震《ふる》えている自分の背中を撫《な》でながら、ぎろりと辻本さんを睨《にら》んで慇懃《いんぎん》な口調で言った。

「申し訳ありませんが、本日はもう閉店させていただきます。お帰り願えますか」

「分かりました。ではまた」

流生からびりびりとした威圧《いあつ》を感じる。辻本さんはそれを微笑で受け流して、コートを片手に店を出て行った。

やっと沈黙《ちんもく》が訪《おとず》れても、自分が辻本さんに何をされそうになったか、頭の中でよく整理出来ない。流生の腕を自分で解《ほど》いて、ずるずると壁に体を預けてへたり込んだ。

「操」

「……流生」

「お前、あいつに何された」

「何って――」

「正直に言え」

静かなくせに、命令するような、有無《うむ》を言わせない声だった。流生に知られたくないのに、つい正直に打ち明けてしまう。

「……キス、されそうになった」

あんなの冗談《じょうだん》だよ、と軽く流せばよかった。でも、腕組《うでぐ》みをして見下ろしている流生がそうさせてくれない。

「何やってるんだ、お前」

「ごめん——」

謝っている自分は、きっとまだパニック状態なんだろう。何故だか後ろめたい気がして、流生の顔をまともに見られなかった。

「操。あいつには気をつけろって言ったよな」

「う…、うん」

「それなのにスキなんか見せてんじゃねぇよ」

低くこもった声で言いながら、流生は襟首《えりくび》を掴んで、自分を無理矢理《むりやり》立たせた。首が絞《し》まって息が苦しい。酸素を求めて喘《あえ》いだ体が、どん、と壁に押さえ付けられる。

「——ったく。俺の今までの努力を無にしやがって」

「何だよ……それ、どういう…」

「俺は今まで我慢《がまん》してきたんだぞ。それを」

「流生——?」

上から覆《おお》いかぶさられて、息をすることを忘れてしまった。壁から引き剥《は》がされた体が、流生の長い腕に翻弄《ほんろう》されて木の葉のように重力を失う。

「あ…っ！」

ぐっ、と髪《かみ》の後ろを握《にぎ》り締められて仰向《あおむ》かされた。視線が重なり、流生と自分の呼吸がせわしなく店内に響《ひび》く。

「痛い、よ。何を怒《おこ》ってるんだ」

力の加減も出来ないほど、流生が怒っている意味が分からなくて、もどかしかった。

──何だろう。この気持ちは。不本意なキスをされそうになったのは自分の方なのに、流生の揺《ゆ》れた瞳を見ていると、彼の方が傷付いているように思えてくる。

「俺は昔から、お前が誰《だれ》と付き合おうが黙《だま》って見てきた」

「……流生…」

「最初に彼女が出来た時、操はすごく嬉《うれ》しそうにしてた。でも、それからすぐに、お前がつらい想《おも》いをしたのも知ってる。あれ以来、お前が傷付かないように、俺なりに守ってきたつもりだった」

女運がなくて、無茶《むちゃ》な恋愛《れんあい》をしては失敗をする自分のことを、流生はいつもそばで支えてくれた。心配をかけるたびに叱咤《しった》してくれる、流生のその優《やさ》しさが嬉しくて、彼とずっと親友でいたいと思ったのだ。

「操にちゃんとした彼女が出来るまで、俺は親友を続けようと思ってたよ。お前が幸せならそれでいい。お前が誰を好きになろうが、相手が女なら許せる。そう思ってた」

でもな、と流生は言葉を続ける。強い彼の眼差《まなざ》しに射貫《いぬ》かれそうだ。ずっと髪を掴んだままの流生の手に、また力が込められたのが分かった。

「男は許す訳にはいかない」

「……意味……分からないよ、流生――」

「さっきの客で分かっただろう。男相手ならどんなひどい目に遭《あ》わされると思う」

流生の瞳《ひとみ》が、自分の唇をねめつけている。あんまりその瞳が鋭かったから、流生のことを初めて怖いと思った。

「大丈夫《だいじょうぶ》だよ、流生。今度からはちゃんと気をつけるから…っ」

「ふざけるな。あんなこと、一回でも許せるか」

叱《しか》り付けるような声音《こわね》とともに、流生の強張《こわば》った顔が視界を埋《う》めた。迫力を感じて、ひくっ、と鳴らした自分の喉《のど》を、彼の大きな手が掴む。

「お前が他《ほか》の男に手を出されるくらいなら、もう遠慮《えんりょ》なんかやめてやる」

「え…?」

「――操。お前に触《ふ》れていいのは俺だけだ」

「流生?」

「お前のことが好きだ。操」

今、彼は何て言った？

掠《かす》れかかった流生の声が、彼の胸に抱《だ》き込まれたのと同時に掻《か》き消える。それとともに自分の呼吸も停止した。

「っ…！」

唇が燃えるように熱い。柔《やわ》らかいものにそこを塞《ふさ》がれて、一瞬《いっしゅん》気が遠くなる。

好きだ、と、彼は言った。そう囁《ささや》いた唇が、自分の唇に触れている。

まさか——流生と、親友とキスをしていた。強く抱き締められながら、彼の呼吸を唇で感じている。

「ん…っ、んん——！」

抗《あらが》おうとしても、流生はびくともしなかった。唇を舌で抉《こ》じ開けられて、奥の方へ流生が入ってくる。舌と舌を重ねられて、嫌悪《けんお》を感じるよりも早く、口腔《こうこう》の全《すべ》てを彼に奪《うば》い取られた。

まるで他の誰にも触れられなくするような、足跡《あしあと》をつけていく濃厚《のうこう》な流生のキスに腰砕《こしくだ》けになる。

「…ふ…、うん…っ」

何をしているんだろう。流生は。自分は。逞《たくま》しい胸を叩《たた》いても、肩《かた》や背中を摑んで引っ張っても、流生のキスは深くなるばかりだ。

苦しい。酸素が欲しくて唇をずらすと、流生は顔の角度を変えて追ってくる。濡《ぬ》れた口中をくまなくまさぐられて、いつの間にか自分は抵抗《ていこう》する力を失くしていた。こんな激しいキス、歴代の彼女ともしたことがない。

「も、やめ――、りゅう、せい」

「やめない。お前も覚悟《かくご》しろ」

「流生…っ」

「俺をもう親友だと思うな。俺が今までお前をどう思ってきたか、ゆっくり分からせてやる」

そう言った親友の豹変《ひょうへん》に、自分はただ震えていた。彼に奪われた唇だけが、二人分の体温を集めたように熱くて仕方なかった。


「ちょっ、放せよ…っ、流生！」

突《つ》き飛ばされた体が、ぼすん、とベッドに深く埋もれる。なす術《すべ》もなく、スプリングに弾《はじ》かれた自分の上に、流生は馬乗りになった。

まだ状況《じょうきょう》を把握《はあく》しきれていない自分の前で、流生が着ているものを脱《ぬ》ぎ始める。手荒《てあら》くボタンを外したシャツが肩から滑《すべ》り落ちると、寝室《しんしつ》の薄明《うすあ》かりに彼の裸身《らしん》が浮《う》かび上がった。

「流生……っ」

彫刻《ちょうこく》のように見事なその造形と、流生のぎらついて飢《う》えたような表情に、自分の状況も忘れてどきっとする。彼に両目を奪われているうちに、体重をかけられて息が上がった。

「やめろよ…流生。冗談《じょうだん》だろ――？」

この時までは、まだ冗談で済むと思っていた。それなのに、流生は無言で両手を伸《の》ばしてきて、自分のスーツを脱がせにかかる。彼のそれを阻《はば》もうとしても、うまく動いてくれない自分の手では役に立たない。どうにか身を翻《ひるがえ》すと、ボタンが引き千切れるほどの力でベッドの中央へと戻《もど》されて、うつ伏《ぶ》せに組み敷《し》かれた。

「あ…っ」

「これが冗談に思えるか？」

囁くように言いながら、上着を剝ぎ取った彼は、ベルトにまで指をかけてくる。こんなの嘘《うそ》だ、嘘だ、と頭の中で繰《く》り返して、流生の下でシーツに顔を擦《こす》り付けた。

「なん、で。嫌《いや》だよ……！」

「うるせぇな」

バックルを外して、スラックスの中へと流生の指が侵入《しんにゅう》する。彼が本当に自分を抱こうとしていると分かって、心臓の鼓動《こどう》が大きくなった。

自分たちは親友だったはずだ。でも、そんなことなど忘れてしまったかのように、流生は下腹部を乱暴に撫《な》でて、恥《は》ずかしい場所を暴《あば》こうとする。

「やめろ――」

がくん、と腰《こし》が揺れて、流生の手がそこを見付け出した。彼を後ろ足で蹴《け》ろうとしても軽くいなされる。指と掌《てのひら》で弄《もてあそ》ばれて、一方的に奪われてしまうような、踏《ふ》み荒《あ》らされていくような、心細さだけが胸の奥に湧《わ》いてきた。

こんなことをするのは、流生じゃない。戸惑《とまど》ったまま瞼《まぶた》をきつく閉じると、敏感《びんかん》な場所に触れた彼の手の感触《かんしょく》はさらに強くなって、嫌がる自分を体の方が裏切っていった。

「……や…っ、これ、やだ…っ」

巧《たく》みな流生の撫で方に、腰の奥が溶《と》けていく。膝《ひざ》まで落ちたスラックスに動きを取られて逃《に》げることも出来ない。

「あ…っ、流生……っ」

「反応してきたな」

「し、して、ない」

「もう俺の指を汚《よご》しそうだ。――感じやすいんだな、操」

彼の囁きに煽《あお》られて、自分の顔が紅潮していくのが分かる。それを意識したら、どんどん触《さわ》られているところが熱くなって、流生の掌の中で大きくなっていった。

「…ふ…っ、んん…」

「嫌がるのはやめたのか？」

「あう、ん…っ」

「——唇、噛《か》むなよ。傷になる」

うるさい、と言おうとしたのに、仰向けにされて声ごとキスを奪われる。自分の口中に流生の舌が入ってきて、長い間貪《むさぼ》られているうちに呼吸を乱されていた。

「ん……んぅ…っ」

柔らかい粘膜《ねんまく》をぐちゃぐちゃにされて気が遠くなる。上も下も流生が支配していて、体内で暴れだした衝動《しょうどう》を、自分ではどうにも出来なかった。

「や、ああ、んっ」

「気持ちいいだろ？　いってもいいぜ」

ふるっ、と首を振《ふ》って、羞恥心《しゅうちしん》を抑え込む。そんな恥ずかしいことは出来ない。でも、体の方は流生の指や、掌に合わせて快感を追い求めていく。

瞼を閉じているのに、目の前が白くなって、自然に腰を振っていた。快感の出口が見えてしまったら、止めることも叶《かな》わずにがくがくと体を揺《ゆ》らしていってしまうしかない。

「ああ…っ！」

どくん、という大きな心音とともに、自分のそこが弾《はじ》ける。流生の掌を汚したことを知るのが恥ずかしくて、達した余韻《よいん》に酔《よ》う余裕《よゆう》なんかなくて、ただただ自分が嫌《きら》いになった。

男に——親友に触られて、感じてしまった。流生が何故《なぜ》こんなことをしているのか分からないくせに、体だけが暴走している。

「……もう、嫌だ…」

力を失ってベッドに沈《しず》む。泣きたい気持ちでシーツを掻き集めていると、強引《ごういん》にそれを取り払《はら》われて、またキスをされた。

「ん…っ」

なけなしの意地で抵抗している自分の舌を、流生の舌が激しく搦《から》め捕《と》る。一度ついた体の火は燻《くすぶ》り続けていて、放してもらえないキスの間も、達したばかりのそこをまた疼《うず》かせた。流生が誘《さそ》うように腰を擦り付けてくるから、あるはずの嫌悪感《けんおかん》を彼に抱く暇《ひま》もない。

「操——」

キスを解いた流生の唇が、自分の頬《ほお》を伝って耳元へ触《ふ》れてくる。ぴちゃ、と濡れた音がして、耳の奥へ舌を差し入れられた。

「うう…っ」

くすぐったさと、言いようのない痺《しび》れが背筋を伝わる。かろうじて体に纏《まと》っていたシャツを破くように脱がされて、燃え滾《たぎ》った流生の胸の中に抱《だ》き締《し》められた。

「あ…っ」

「操。——怖《こわ》いか？」

震《ふる》えながら、こくん、と頷《うなず》く。流生の重みを感じることも、近過ぎる体温も、今までの彼との関係を全部ゼロにしてしまいそうで、怖くて仕方ない。

こんなことをされて、もう流生との間に、失うものは何もないのに。本当にもう、このまま彼と親友じゃなくなってしまうんだろうか。今まで彼は、親友の顔をしながら、こうやって自分を抱《だ》きたいと思っていたんだろうか。

裸《はだか》にされた心臓の上を流生の唇がなぞる。乳首《ちくび》を嚙まれて硬《かた》く尖《とが》らせている、そんな自分が情けなかった。

「なんで――。流生」

細く窄《すぼ》めた流生の舌に、執拗《しつよう》に弄《いじ》られて声が掠《かす》れる。胸元《むなもと》にあった彼の手が、腹の方へとすべってそのまま太腿《ふともも》へ伸びてきた。

「操も楽しめよ。忘れられないくらい、よくしてやるから」

足の付け根のきわどいところを摑《つか》まれる。割り開かれた膝の間に体を入れられて、はしたなく汚していた中心を流生に見られた。

「こんなことして、お前は楽しいのか…？」

「ああ。お前が見えないところまで、全部丸見えだ」

「やめろ…っ」

「一度いったのに、もうこんなにして。……いやらしいな。操」

つぅ、と彼の指が先端《せんたん》から根元へと這《は》う。たったそれだけで達しそうなくらい、自分のそこは硬くなっていた。濡《ぬ》れた彼の中指が腰の後ろへと回って、考えもしなかったところに触れている。

「あ……あ……っ」

狭《せま》い場所を解《ほぐ》すように、指先が自分の中に入ってくる。嫌がって暴れた体は、再び奪《うば》われたキスでなし崩《くず》しにされた。

体の内側を行き来する指に狂《くる》わされる。前を撫でられるよりもずっとひどく。

「んっ、あ、うあっ、ああっ」

これほど自分の理性が脆《もろ》いなんて思わなかった。辻本さんの時は、ほんの少し触れられただけで寒気が走ったのに、流生にされたら体じゅうが燃え上がる。自分の体の奥の方に、こんなに熱くて、貪欲《どんよく》な場所があるなんて。

「流生——流生」

体じゅうのどこもかしこも、自分のものではなくさせる彼の行為《こうい》。流生にぐちゅぐちゅと内側を蕩《とろ》かされて、これ以上続けられたら、自分がどうなってしまうか分からない。

「……力を抜《ぬ》けよ。次は痛いぞ」

流生がそう言った意味が、すぐには理解出来なかった。指をゆっくりと抜かれて、また声が出てしまう。

「あぁ…っ」

両膝《りょうひざ》を掬《すく》い上げられて視界が回る。自分のすぐ上に流生の真剣《しんけん》な顔があった。

「——操」

燃えたような瞳《ひとみ》の色と、自分の名前を囁《ささや》く唇《くちびる》。その二つに胸を突《つ》き刺《さ》されたようで、一瞬《いっしゅん》、我を忘れて流生を見詰《みつ》めた。激しい痛みがやって来たのは、それからすぐだった。

「や——…！」

体を真っ二つに裂《さ》かれる。あまりの衝撃《しょうげき》に、肺の奥で息が詰《つ》まった。流生の熱い塊《かたまり》が、自分を押し開きながら貫《つらぬ》いてくる。

「う…っ、いた…い、りゅうせい…っ」

「操」

もう一度名前を呼んで、彼はきつく唇を噛み締めた。

「流生、なんで——なんで？」

自分の中に流生がいる。痛みを撒《ま》き散らしながら彼が暴れている。

「ずっとこうしたかったんだ。お前と」

「……流生……っ？」

ずっと——それはどういうことだ。

思考を巡《めぐ》らせても、幾《いく》らももたずに意識が掠れていく。

「好きだよ。操。お前を抱きたかった」

低い声で言いながら、流生はもっと深いところへと腰《こし》を進めた。

——好きだよ。操。流生が囁いたその想《おも》いは、親友に対する想いとどう違《ちが》う。

自然に滲《にじ》んできた涙《なみだ》を堪《こら》えて、たまらずに彼へと縋《すが》り付けば、すぐに背中を抱かれて強く引き寄せられる。

「はっ、あ…っ、ああ…っ」

すると、まるであやすような流生の唇が額に落ちた。小さなキスがとても優《やさ》しくて、こんなにひどいことをされているのに、大切に抱かれているような、不可思議な錯覚《さっかく》をした。

「流生——」

思わず黒髪《くろかみ》の襟足《えりあし》を握《にぎ》り締める。指先が掠めた彼の肌《はだ》が、切なげに震えた。

「操。……操」

もう流生の声しか聞こえない。自分の体がどうなっているのか、何をされているのか、意識が混濁《こんだく》したまま彼の熱に焼かれていく。

「やっとお前が俺のものになった——」

隙間《すきま》もなく抱き締められながら思う。

自分はものなんかじゃない。流生の髪を両手で摑んだまま、最後の力を振り絞《しぼ》って言った。

「お前のこと、親友だと思ってたのに……っ!」

「――俺は親友なんかより恋人《こいびと》がいい」

恋人。耳元で彼が呟《つぶや》いたその言葉だけが、やけに鮮明《せんめい》に脳裏《のうり》に焼き付く。

流生の律動が速くなって、もう彼の声さえ、頭のどこかへと追いやられた。

体がまた勝手に狂いだす。流生に擦《こす》られた奥の方が、無意識に彼に応《こた》えるような動きを始める。流生もそれが分かるのか、淫《みだ》らな角度で腰を打ち付けてきた。

「…あっ、や……、あ、う、んんっ…!」

唇をキスで塞《ふさ》がれて声が出せない。――その方がいい。男のくせに、男にめちゃくちゃにされて感じている。喘《あえ》ぎ声を出さなくて済むから。

重なり合った体と体の間で、屹《た》ち上がった自分のそこが、涙の代わりの雫《しずく》を垂らしていた。

流生の腕《うで》に抱かれたまま、いっそう深く突かれて意識を飛ばす。彼と同時に放った欲望《よくぼう》とともに、世界が真っ白になって、その後には何も残らなかった。

4

「う――」

泥《どろ》のように眠《ねむ》って、目が覚めた朝。

そろそろと頭を動かすと、見慣れているはずの寝室《しんしつ》の光景が、一部分だけ変わっていた。

室内を暖めている陽射《ひざ》しに浮《う》かぶ、サイドテーブルの上の朝食の数々。どこの高級ホテルかと見紛《みまが》うばかりの、盛り付けまで気取ったそれを辿《たど》っていくと、ベッドの足側には清潔そうなタオルやバスローブと、洗面器を載《の》せたワゴンが置いてある。

「…えっと…」

ここは流生のマンションの寝室で、確か昨夜《ゆうべ》はとんでもないことが起きたはずだが。

あれは全部夢だったということだろうか。だったらそれに越《こ》したことはない。

「何だ。よかった――あるはずないもんな。俺と流生が、そんな」

と、いつものように起きようとして、体じゅうに走った痛みに悶絶《もんぜつ》した。

どういうことだ。何だこれ。やっぱり昨夜のことは、夢じゃなかった。

「目が覚めたか？　操」

「っ！」

──お前、この野郎《やろう》、俺に何をした。何でこんなにどこもかしこも痛いんだよっ！

寝室の入り口に立っている流生へ、そう文句を言ってやろうとしたのに、自分の声が全部口の中でもごもごと形を成さなくなっていく。

昨夜のことを思い出して、恥《は》ずかしいやら悔《くや》しいやら腹が立つやら、ごちゃまぜになって身動きが取れなくなっている自分へと、彼はグラスを幾つか載せたトレーを手にしながら大股《おおまた》で歩み寄ってきた。

「おはよう」

「……お、おう」

ベッドの脇《わき》に座られて、思わずどきん、と心臓が跳《は》ねる。びくついていると言った方がいいかもしれない。

昨夜、耳元で聞き続けていた流生の声は、今朝は少しだけ掠《かす》れていた。自分の声もハスキーになっていて、その理由に気付いた途端《とたん》、顔がかあっと熱くなってくる。

「オレンジとグレープフルーツと牛乳とカフェオレ、どれにする？」

「は？　え…っ」

「喉《のど》が渇《かわ》いてるだろ。体、起こせるか？」

流生はそう言うと、トレーをサイドテーブルへ預けて、寝具《しんぐ》を剝《は》がそうとした。

「ちょっ、やめろよっ」

「何で？」

「は——裸《はだか》だし、それに、お前とは、話しておきたいこと、あるし」

しどろもどろになりながら、自分の体に寝具をぎゅうぎゅう引き寄せて、昨日までと全く変わらない様子の流生を見上げた。彼に気遣《きづか》われて、介抱《かいほう》みたいなことをされたら、こっちが怒《おこ》るに怒れないじゃないか。

「どうした操。恥ずかしいのか？　昨夜、俺にたくさん見せてたのに」

「バカ！　お、お前、よく平気でそんなことっ」

「本当のことだろ」

このベッドで、自分は彼に抱《だ》かれたはずだ。あんな大事件があった後なのに、どうして流生は動じてないんだろう。

「ほら、布団《ふとん》に懐《なつ》いてないで、甘えるなら俺にしておけよ」

彼の手に簡単に引っぺがされて、明るいところで裸を曝《さら》してしまう。

恥ずかしくて、ベッドから起こした体を慌《あわ》てて抱き締《し》めたら、いつからそうだったのか、自分はパジャマ代わりのTシャツを着ていた。

「……え？」

だぶだぶのこれは流生の服だ。彼が着せてくれたんだろうか。

「何なんだよ、いったい…」

脱《ぬ》ぐに脱げずに戸惑《とまど》っていると、勝手にオレンジジュースのグラスを持たされて、彼が持っているカフェオレのグラスと、これまた勝手に乾杯《かんぱい》をさせられた。

「シチリア産ブラッドオレンジ。本場のだからうまいぞ」

触《ふ》れ合わせたグラスの向こうで、流生が微笑《ほほえ》んでいる。普段《ふだん》通りの彼だと思ったけれど、きつい印象が全くない今朝の流生の眼差《まなざ》しは、別人のように違っていた。

あんなにぎらぎらしていた昨夜の彼が嘘《うそ》みたいだ。

「コーヒーは食後がいいよな。朝メシ、食べるだろ？」

キャスターのついたサイドテーブルが、流生の手でころころとベッドのすぐそばまで移動してくる。彼はトレーに豪華《ごうか》な朝食を並べて、まるでドラマか映画の朝の風景のように、寝起《ねお》きの自分の膝《ひざ》の上へとそれを載せた。

「そば粉のクレープと、ホタテと生ハムのサラダ仕立て。卵はお前の好きなチーズオムレツにしておいた」

「う…」

悲しい条件反射だ。

流生の手料理を前にすると、頭で何を考えていたって、腹が空いてしまう。

「体がつらいか？　食べさせてやった方がいいか？」

「い、いいよっ、自分で出来るっ」

昨夜のことをちゃんと話し合っておきたいのに。ひといきにオレンジジュースを飲み干したところで、一度湧《わ》いた食欲《しょくよく》は収まりそうにない。

相変わらず流生は、ベッドの隣《となり》で自分を見詰《みつ》めて微笑んでいる。カーテン越《ご》しの陽射しを浴びて、その顔はモデルか何かのように眩《まぶ》しい。自分の目がおかしくなったんじゃないかと思うが、何だかこう、彼がきらきらして見えるのだ。

「――何だよ。くそっ」

半ばやけになってクレープを頬張《ほおば》ると、そば粉と上にかかったゴマのソースの風味が絶妙《ぜつみょう》で、思わず言ってしまった。

「うまい……」

「だろ？　手製だ」

粉から練って作った、と得意げに言われる。彼の料理を褒《ほ》めてしまった自分に、自分で呆《あき》れた。

うまいものはうまいんだから仕方ない。もう一枚、おかわりしたくなるくらいに。

「足りなきゃ、また焼いてやるから。どんどん食べろ」

「う――うん」

欲求《よっきゅう》が顔に出ていたんだろうか。ばつの悪さも手伝って、かちゃかちゃ無作法に食べていると、流生はくすっと笑った。

──ガチャーン。フォークを取り落として盛大な音が立つ。

「……可愛《かわい》いな、操は」

「流生…」

「ん？」

フォークを持ち上げた流生が、ナプキンでそれを丁寧《ていねい》に拭《ぬぐ》って、自分の手に持たせてくれる。

おまけに彼は、Tシャツに飛び散ったソースまで、まるで子供を相手にするように拭《ふ》いてくれようとした。

可愛いと、辻本さんに言われた時には鳥肌《とりはだ》しか立たなかった。でも、同じことを流生に言われると妙《みょう》に面映《おもはゆ》くて、どう反応していいか分からなくなる。

「何で？　変だ……流生。昨夜からずっと」

「そうか？　俺は元からこうだぞ」

「全然違《ちが》う。お前、昨夜俺にしたこと、忘れたのか？」

「──忘れる訳ないだろ。操に無理をさせたから、今日は一日、お前に尽《つ》くすよ」

「は…？」

「食事が済んだらシャワーを浴びよう。お前が眠《ねむ》っている間に体は拭いたけど、髪《かみ》も洗ってやりたいし」

「どうして、そんな──」

「お前を大事に想《おも》ってる。……昨夜はかっとなって、きつくした。嫉妬《しっと》なんて格好悪いよな」

流生が、嫉妬？

「…誰《だれ》に…？」

「よせよ。口に出したくない」

そう言って、流生は自分の肩《かた》に、こつん、と額をつけた。

「操」

低く、それでいて甘い声で流生が自分を呼ぶ。近くにあった彼の顔が、真剣《しんけん》な光を湛《たた》えた瞳《ひとみ》とともに、いっそう距離《きょり》を縮めてきた。

「もう俺の気持ちは分かってるだろ。——これからは、本気でお前を口説く」

「なっ…、え…っ？」

「お前が俺のことを好きになるまで、諦《あきら》めないからな」

ちゅ、と頬《ほお》にキスをされて、心臓が飛び出しそうになる。

いったいどうしたんだ、俺の親友は！

頬に残った唇《くちびる》の感触《かんしょく》に眩暈《めまい》がした。ぐるぐる混乱し始めた自分の頭の中は、流生のことで飽《ほう》和《わ》状態だった。

きついアルコールと煙草《たばこ》の香《かお》り。心臓を静かに揺《ゆ》らすような低音のジャズ。

それらに包まれながら、自分は仏頂面《ぶっちょうづら》でカウンターに頬杖《ほおづえ》をついていた。

「……何で俺がここにいなきゃいけないんだよ」

昨日のうちに、自分のマンションに帰ろうと思っていたのに。あちこち痛む体は言うことを聞いてくれず、流生に結局丸一日介抱されて、今日はシオンに連れて来られている。

いっときも目を離《はな》せないと言って、流生は昨日、店を休んだ。食事を作ったり、着替《きが》えを手伝ったり、シャワーの時も一緒《いっしょ》に入りたがって、断るのに困るくらいだった。

「だいたい、あり得ないだろ。俺をお姫《ひめ》様抱っこでバスルームに連れてくとか」

「――？　何か言ったか、操」

客にボトルを出していた流生が、自分の呟《つぶや》きを聞き付けてこっちを向く。まるでセンサーでもついているみたいだ。

「別に……」

そっぽを向いたままで答えると、彼は何事もなかったかのようにマスター業をこなしだす。

ワイングラスの脚《あし》を挟《はさ》む長い指。ボトルをそっと支える逞《たくま》しい腕《うで》。あの腕に抱かれてバスタブまで運ばれる自分を想像すると、自然と頬が赤くなってくる。

今までは何となくこの指定席に座って、カウンターの向こうの流生を眺《なが》めていた。あんな大事件の後で、改めて彼を見ると、今まで気付きもしなかったことがたくさんあることが分かる。

「——でね、マスター、うちの彼氏って全っ然気が回んないの。女心が分かってないって言うか。鈍感《どんかん》って言うか」

「でも好きなんだろ？」

「もー、それ禁句」

「だって利佳子《りかこ》ちゃん、ここへ来たら彼氏の話しかしないし。……そんなに想われたら羨《うらや》ましいね。男としては」

ふ、睫毛《まつげ》を伏《ふ》せて、流生は陰《かげ》のある微笑《びしょう》をした。

「マスター……」

すると、この店では珍《めずら》しい女の常連客が、ほわわんと瞳を潤《うる》ませる。その隣で、彼女の連れの友人も、同じような瞳をして流生を見詰めていた。こうやって彼は女を虜《とりこ》にしていくんだな、と、妙に納得《なっとく》してしまう。

格好いい男はどこにでもいるけれど、流生と少し接したら、彼の魅力《みりょく》にはまってしまう。流生は中学の頃《ころ》からよくもてていたし、とかく注目を集める奴《やつ》だった。

「誰でも流生に夢中になるのに、何であいつは、俺がいいんだ？」

自分のことを好きだと言った流生。あんなに無理矢理《むりやり》抱《だ》いた後で、別人のように優《やさ》しくするなんて反則だ。かいがいしく世話をやいていた昨日の流生を思い出して、また頰が火照《ほて》ってくる。

「やだー、マスターこれ可愛いーっ」

突然《とつぜん》聞こえてきたその声で、はっと思考から覚めた。さっきの女性客たちに、流生がデザートを出している。

「サングリアのソルベと、イチゴのムース」

「食べるのもったいないよ」

「女の子だけの限定メニューだから。遠慮《えんりょ》なくどうぞ」

流生にそう促《うなが》されて、まるでプロのパティシエが作ったようなデザートに、二人が銀色のスプーンを添《そ》えていく。一口で顔《かお》を綻《ほころ》ばせた彼女たちを見て、少しだけ胸が苦しくなった。

――またもてるようなことをして。何だか面白《おもしろ》くない。

流生がこの店で誰に愛想《あいそ》を振《ふ》りまこうが、それは単なる仕事のはずだ。分かっているのに、どうしてそんなことを思ったのか不可解だった。難しい顔で流生を見詰《みつ》めていると、彼が目の前までやって来る。

「――操。お前にもサービス」

カウンターに置かれたデザート皿には、ソルベが大目に盛られていた。自分の好みの隅々《すみずみ》まで把握《はあく》している流生に、つい悔《くや》しくなった。

「女の子限定じゃないのか？」

「お前が欲しそうに見てたから」

「……ちょうど冷たいものが食いたかったんだよ」

適当な言い訳をした自分を見て、流生が目許《めもと》を緩《ゆる》ませる。人前でそんなに無防備な顔で微笑まないでほしい。恥《は》ずかしいから。

デザートを食べ終えた女性客たちが、会計を済ませて店を出て行く。やつあたりにスプーンでソルベをがしがし崩《くず》していると、彼女たちと入れ替《か》わりに、新しい客が来店した。

「よう」

「いらっしゃいませ。——珍しいな。こんな時間に来るなんて」

後ろ手にドアを閉めている客を見て、流生がほんの少しだけ曇《くも》った表情をする。店では常にポーカーフェイスの彼が珍しい。

「最近忙《いそが》しくてさ。相変わらずヒマな店だな」

「それがうちのスタイルなんだよ」

親しげな会話が気になって、その客の方を見やった。

「え…？」

何となく、彼の顔に見覚えがある気がする。どこかで会ったことがある人だろうか。

カウンターの真ん中の席に座った、流生より少し背の低い男。金髪《きんぱつ》で、人目をひく整った顔をしていて、普通《ふつう》のビジネスマンに比べて派手な服装をしている。

「立花《たちばな》、何を飲む？」

「そうだなあ……」

顎《あご》を手で撫《な》でながら、客は酒好きそうな目をカウンターの奥に並ぶボトルへと向けた。

——立花？　男の名前を聞いて、あれ？　と思った。

「じゃあ、久々にお前のシェーカー捌《さば》きでも見せてもらおうかな」

独り言のように呟いてから、客が右手で髪を掻《か》き上げる。そのどこか格好をつけた仕草と、名前で、やっと思い出した。彼は中学と高校の同級生だ。

「立花——徹《とおる》？」

つい指を差して呼んでしまった自分に、客が胡乱《うろん》げな視線を寄越《よこ》す。こっちをじっと見ていた彼は、自分が何年も会っていなかった同級生だということに気付いて、あっ！　と声を上げた。

「伊澤？　伊澤操か!?」

「あ、ああ」

「久しぶりだな。なーんだよー、伊澤ー。お前もここに通ってたのかー」

彼は両手を広げて歩み寄って来ると、ばふばふ、と大げさに背中を叩《たた》いて抱《だ》き締《し》めてきた。

自分たちの方を眺めながら、ふ、と流生が苦い顔をする。

立花徹。こいつには中学時代もよくこうやって、過剰《かじょう》なスキンシップの餌食《えじき》にされていた。本当は逃《に》げたいんだけれど、反応すると余計に面白がるタイプだから、好きにやらせて放っておくのが一番いい。立花は人をおもちゃにするのが好きなうるさい奴だし、自分は実は、当時から彼のことを苦手に思っていたのだ。

「高校卒業以来……か。元気そうだな」

当たりさわりのない挨拶《あいさつ》をスルーして、立花が抗議《こうぎ》をするように流生に向かって唇を尖《とが》らせる。

「ずるいぞ、流生。まだ伊澤とつるんでるって、何で俺に言わなかったんだよ」

「操とブッキングしたことなかったっけ？」

「ないない。独り占《じ》めするなよな。こいつが俺のお気に入りなの知ってるくせに」

お気に入りっていったい何だ。迷惑《めいわく》なことを言っている立花の体を押しやって、溶《と》けかかったソルベで口直しをした。

流生は昔から女にも男にも人気があったけれど、彼の友人の中で立花は少し特別だった。流生とは実家が近所で、所謂幼馴染《いわゆるおさななじ》みの関係らしい。

中学から流生と仲良くなった自分は、しょっちゅう立花にちょっかいをかけられていた。理由はよく知らない。流生と二人で過ごしていると、必ず割って入ってきて、さんざん引っ掻き回して去っていく困った奴なのだ。

「一緒に飲もうぜ、伊澤。今日は俺がおごってやるよ」

「…いいよ。俺は一人で」

「そんなこと言わないでさ。流生、伊澤にも一杯《いっぱい》飲ませてやって」

「ああ。操は何がいい？　デザートの後だから、もうやめておくか？」

「えっと…」

「デザートぉ？　流生、俺にはそんなもの出したことないくせに。俺がどれだけこの店に貢《みつ》いでると思ってんだよ」

「立花、そんなに通ってるのか？」

「んん？　気になるのかい？　伊澤クン」

「そういう訳じゃないけど……なんか、ずっと会ってたみたいだな、お前たち」

立花が常連だとは知らなかったから、正直驚《おどろ》いた。流生も何も言ってくれなかったし。

ちょっとだけ拗《す》ねた気持ちでいると、すかさずそれを汲《く》み取ったらしい立花が、満面の笑《え》みを浮《う》かべて言った。

「俺の方が先に流生と知り合ったし、仕方ないって。時間の差ってのは埋《う》められないよ」

「……」

「お前が知らない流生を俺は知ってる訳だしな。付き合った彼女の数からお互《たが》いの黒子《ほくろ》の位置まで、そりゃあもう」

彼女の数は分からないでもないけど、黒子の位置って——そんなことまで知っているほど、二人は深い間柄《あいだがら》だったんだろうか。反射的に流生の裸《はだか》の体を思い浮かべてしまって、ぶるぶるぶるっ、と顔を振った。

「なーに照れてんだよう」

つん、と立花に頬《ほお》を突《つつ》かれる。おどけた彼のその指を、ぺし、と叩いたのは流生だった。

「無断で触《さわ》るな」

「えー？　お触り厳禁かよー？　だいたいなあ、流生は伊澤だけ特別扱《とくべつあつか》いし過ぎるんだよ。過保護。つーか、甘い。流生は伊澤に甘いね。昔から甘々だね」

「別に、そんなことないよな、操」

「——ああ。この前もひどい目に遭《あ》ったばかりだし」

「何、なに、ナニ？　気になるじゃん。流生に何されちゃったの？　キスでもされた？」

ぶふっ、とソルベを噴《ふ》いて、慌《あわ》てておしぼりを掴《つか》む。うろたえている自分の隣《となり》で、立花はにやにや笑っていた。

「いいねー、相変わらず」

「な、何だよ」

「流生が絡《から》んだ時の伊澤って、ほんとに面白い。なあなあ、今何やってんの？　お前はお堅《かた》い奴《やつ》だったから、やっぱ堅実《けんじつ》にサラリーマンか？　会社どこだよ。——流生、この店で一番うまいカクテル作って。伊澤の分も。今日は三人でとことん語ろうぜ」

「ちょ…、お前も変わらないな——、なあ、流生」

「そうだな」

流生が苦笑《くしょう》しながら、カウンターにリキュールのボトルを並べている。ジャズをバックにした彼の動きには、ひとつひとつ澱《よど》みがない。シェーカーを振る時の、少しだけ俯《うつむ》いた流生の横顔が、まるで俳優のように決まっていて、つい目を吸い寄せられた。

「——お待たせしました。『オールド・ソングス』です」

淡《あわ》いブルーのカクテルを注がれたグラスが二つ、コースターに置かれる。コアントローの甘い香《かお》りを鼻先で嗅《か》ぎながら、グラスにそっと唇《くちびる》をつけた。

「うまいな、これ」

感想を先に立花に言われてしまい、手持ち無沙汰《ぶさた》のまま二口目を飲む。確かに、口当たりのいいカクテルだ。『オールド・ソングス』という名前は初めて聞く。

「なあ、もしかしてこれ…オリジナル?」

「よく分かったな、操。青葉台中学のOBが集まったことだし、スクールカラーで仕上げてみた」

「ふうん」

流生が即興《そっきょう》で作ったカクテルは、どこかノスタルジックで、懐《なつ》かしい味がする。グラス一杯で鮮《あざ》やかに思い出の中へと連れて行ってしまう、そんな流生の腕前《うでまえ》に、素直《すなお》に脱帽《だつぼう》した。

「暫《しばら》く来ないうちに、また腕《うで》を上げたな。さては俺を惚《ほ》れさせるために特訓したのか」

人のいい気分をぶち壊《こわ》すように、どきっとすることを立花が言う。

「別に、お前には惚れてもらわなくていい」

「冷たいねー。聞いたかよ、伊澤、今の。俺がこんなに構ってやってんのに、ツンデレか？」

「デレは余計だ」

「ちぇっ。ツンツンしてても、昔から流生はもてるからな。来る者拒《こば》まず、去る者追わず」

「はいはい。勝手にそういうことにしておいてくれ」

流生は立花を軽くいなして、自分用のグラスに氷とスコッチを入れている。

それから後は、うまい酒を飲みながら学生時代の思い出話に花を咲《さ》かせた。流生はさして表情を変えずにマスターに徹《てっ》していたが、速いピッチで飲んでいた立花が、アルコールが回ってしつこく彼に絡みだした。

「ほら、流生ももっと飲めよ。久々に三人で会ったんだ。乾杯《かんぱい》しよ、乾杯」

「立花、酔《よ》ったんなら、もうその辺にしておけよ」

「うるせーなー。何だよ、お前は澄《す》ました顔しやがって…。伊澤、知ってたか？　こいつ、高三の時に男の後輩《こうはい》に告られたことあるんだぜ」

「はっ？」

「けっこう可愛《かわい》い奴だったよな。あれってマジで付き合ったの？　どうなんだよ、流生」

「——立花。やめろ」

「何でだよ。サラサラ茶髪《ちゃぱつ》で目がでっかくて、お前のタイプだったじゃん。あれならイケただろ」

　ものすごく楽しそうな顔をして、立花がちらちらと流生と自分を見比べている。

　流生が男の後輩に告白されていたなんて、全く知らなかった。自分が気付かなかっただけで、彼は元々、同性にそういう意味で好かれる奴だったんだろうか。

　十年以上も親友をやっていたのに、どうして流生は打ち明けてくれなかったんだろう。立花の口から聞かされることになるなんて。

　流生に直接聞いてみたくても、おいそれと口に出せない。彼の顔色を窺《うかが》いながらカウンターで悶々《もんもん》としていると、流生は何を思ったか、ちょいちょい、と指先を動かして自分を呼んだ。

「何だよ」

　不機嫌《ふきげん》さを隠《かく》せないまま、ぞんざいに彼へと返事をする。流生はそっと耳元へ唇を寄せてきて、自分にしか聞こえない声で呟《つぶや》いた。

「——信じるなよ。後輩とは何もしてないから」

「な…っ」

　まるで、流生にはこっちの心の中が見えてでもいるようだった。彼のたった一言で動揺《どうよう》してしまう自分が情けない。

人のことを煙《けむ》に巻いてから、流生はそのまま店の奥に引っ込んで、どこかへ電話をかけ始める。隣に座っていた立花が、彼がいなくなったのを訝《いぶか》りながら、がしっと肩《かた》を抱《だ》いてきた。

「流生の奴、何だって？」

「知らない。……暑苦しいから放せ」

「二人でナイショ話なんかしちゃって。お前らあやしー。あいつは前から伊澤にだけはべったりだったけど、とうとう付き合いだしたのか？」

「な、何言ってんだよ。バカじゃないのかっ」

全く中学時代のノリと同じだ。くだらないことで立花にからかわれるのも、いちいち相手になって怒《おこ》る自分の態度も。

あの頃《ころ》は時々、立花が自分と流生の仲をやっかんでいるんじゃないかと思ったものだ。他《ほか》の同級生たちも、みんな、流生の親友の立場を羨《うらや》ましがっていたから。何をさせても人の倍出来る流生。周囲から一目置かれている彼を隣にして、当時の自分は淡い優越感《ゆうえつ》を持っていた。

——流生は俺の親友。自分だけが流生のそばにいていい。

今考えれば、それは子供っぽい独占欲《どくせんよく》だったんだろう。流生が自分のもののような気がして、立花や他の友人といるところを見ると、こっそり焼きもちを焼いたりしていた。あの頃は心も体も幼くて、自分の世界は恥《は》ずかしいくらい流生一色だった。

「立花」

流生の声にはっとして、思考はそこで止まった。カウンターに戻《もど》って来た彼が、電話の子機を片手に立花を呼んでいる。

「何？」

「お前に代われって」

すい、と流生が子機を差し出すと、立花はそれを億劫《おっくう》そうに受け取り、ピアスをした左耳に宛《あて》がった。

「もしもしぃ。——あ、うん。分かってるよ。…ったく。はいはい。じゃあな」

用件はすぐに終わったらしい。スツールを立った彼は、恨《うら》めしそうな顔をして流生に悪態をついた。

「俺の店に電話かけんな」

「オーナーがサボってんなよ。そして、携帯《けいたい》は持ち歩け！　いつものようにツケとくから。毎度あり」

「伊澤、今度はもっとゆっくり飲もうな。じゃ、また」

最後の最後までテンションを高くして、立花は店から出て行った。その途端《とたん》、力を吸い取られたようにぐったりとする。

「疲《つか》れた——」

は、と溜息《ためいき》をついた自分に、流生がおしぼりを出してくれた。顔でも拭《ふ》いてさっぱりしろ、ということだろう。

「お疲れ。今でもやかましいだろ、立花」

「…うん。あいつ、昔と全然変わってないな」

おしぼりで頬《ほお》をごしごしとやり、温かいそれに和《なご》まされる。店内が急に静かになって、普段《ふだん》通りのジャズの重低音が聞こえ始めた。

「立花の奴、いつもは先に電話して来るのに。巡回《じゅんかい》の途中《とちゅう》に立ち寄ったようだ」

「今何やってんの？」

「麻布《あざぶ》周辺で複数の店を経営してる。あれでも界隈《かいわい》じゃ有名な実業家だ。今度あいつの店に連れて行ってやろうか」

「……嫌《いや》だよ。ぼったくられそうだ」

「確かに」

くっくっ、とおかしそうに流生は笑う。屈託《くったく》のない彼の顔を見ていると、中学時代の彼と重なって、むしょうにやるせなくなった。

「──立花と今も仲良くやってたのか？」

「ああ。ここのマスターを継《つ》いでからすぐに再会したんだよ。偵察《ていさつ》に来たとか言って…」

「知らなかったよ。そんなこと」

「お前の天敵のことを、わざわざ言ってどうするんだ。お前たちが顔を合わせないようにうまく調整するのが、マスターの仕事だろうが」

「え……？」

「あいつもこの店にとっては上客だ。気持ちよく飲んで帰ってくれれば、俺はそれでいい」

使用済みのおしぼりを手に取って、流生がカウンター下のボックスへそれを放り込む。そんな当たり前の動作のように、立花に対しても、流生はマスターの仕事を忠実にしただけだ。

流生のこういうところは、自分には敵《かな》わないと思う。この前の暴挙を棚上《たなあ》げしても、これはこれだ。昔からしっかりした考えを持っている流生に比べたら、立花にからかわれて機嫌《きげん》を悪くした自分は、てんで子供に見えただろう。

「酒の味が変わっただろ。天敵は出て行ったし、飲み直せよ」

流生が新しいグラスにスコッチを注いでくれる。カクテルでも水割りでもない、ロックだ。きついその酒を飲んでいる間に、加速度的に酔いが体に回ってくる。

立花に会ったことで、自分は随分揺《ずいぶんゆ》さぶられてしまったらしい。さらに追加したアルコールが、長い間忘れていた独占欲に火をつけた。

「――なあ、流生。俺たちはずっとそばにいたよな」

「ああ」

「誰《だれ》よりも長い時間、一緒《いっしょ》にいたはずなのに。何でお前のことで、俺に知らないことがあるんだ。何か…納得《なっとく》いかない」

　深く考えないまま出た言葉が、グラスの中で氷が立てた音とともにカウンターを越《こ》えていく。上目遣《うわめづか》いに流生の方を見ると、彼は少しだけ顔を斜《なな》めに伏《ふ》せて笑っていた。

「流生――？」

　緩《ゆる》く弧《こ》を描《えが》いた眉《まゆ》。綺麗《きれい》に並んだ歯が覗《のぞ》く口元。どうして彼が、そんな風に嬉《うれ》しそうな顔で笑うのか分からない。じっと見詰《みつ》めていると、微笑《ほほえ》んだまま流し目を返されて、意味もなく心臓が騒《さわ》いだ。

「……あいつと、店以外でも会ってたりするのか……？」

「たまに食事くらいはな」

「立花にも食わせてるんだ。お前の手料理」

「は？　何で俺があいつに、そんなサービスをしてやらなきゃいけない」

「だって、俺には作るし」

「当然だろ。俺が餌付《えづ》けしたいのはお前だけだ」

　アルコールで霞《かす》んだ視界に、煙草《たばこ》に火をつける流生の姿が映る。ふう、と彼が吐《は》き出した煙が、間接照明の抑《おさ》えた明かりと混ざって溶《と》けていく。

　お前だけ、と流生は言った。立花と自分は違《ちが》う。流生の中の自分の立ち位置を知って、また優越感が膨《ふく》らんでくる。

おかしい。自分は彼にひどいことをされたばかりのはずなのに。

「今日は客足が鈍《にぶ》いな。そろそろ終電が近いし——ちょっと表を見てくる」

流生が視界から消えてくれてほっとした。自分で自分の感情を持て余している。

突然《とつぜん》親友をやめると言われて、彼に抱かれた。理不尽《りふじん》な扱《あつか》いをされてから、自分はずっと流生に怒っているんだ。——そう思っていないと、あったはずの怒《いか》りがどこかへ隠れて、別のことで頭の中がいっぱいになる。

「何だよ……、もう」

流生が店の外に出て、一人になったのを見計らって、カウンターに体ごと突《つ》っ伏《ぷ》した。

もし、もしもの話だ。流生が立花に、自分と同じことをしていたらどうしよう。

そんなことあり得ないとは分かっているけれど、立花が昔から自分に絡《から》んでくるのも、ちょっかいをかけて流生の気を引きたいためだとしたら理解出来る。

「流生は立花のこと、どう思ってんだろ——」

無理矢理《むりやり》抱《だ》かれた後も、流生のことばかり考えてしまう。そんな自分の心の中が一番分からない。子供の頃の独占欲に似ている気がしたけれど、今自分が抱《かか》えているものは、あの頃ほど純粋《じゅんすい》じゃなかった。

酒を飲んで気分を変えようと思っても、グラスを持ち上げる力が湧《わ》かない。カウンターにそのまま顔を伏せていると、遠くから流生の声が聞こえてきた。

「操、そんなところで寝《ね》てると風邪《かぜ》ひくぞ。外雪降ってる。今夜は冷えそうだ」

店に戻って来た流生は、そう言って自分の肩《かた》にコートをかけてくれた。マンションを出る時に彼が着ていたカシミアのコートだ。

「電車やタクシーが動いてるうちに帰るか。……自分の部屋でゆっくり休みたいだろ？　送ってくよ」

流生に髪《かみ》を撫《な》でられて、同時に心臓を握《にぎ》り締《し》められたような気持ちになった。触《ふ》れられたまま頭を上げると、スツールの脇《わき》に立っていた彼と目と目が合う。

「どうした？」

「――流生」

ん、と小さく言って彼は小首を傾《かし》げた。幼い子供に言葉を促《うなが》すような、静かな眼差《まなざ》しが自分に降ってくる。それに誘《いざな》われるようにして唇《くちびる》を開いた。

「流生は……、立花とも、その――」

「立花とも？」

「…お、俺としたみたいに…っ」

言いかけた言葉を飲み込んで、カウンターに置いた指先を握り締めた。いったい何を聞こうとしたんだろう。親友じゃないと言ったのは彼の方だ。流生が立花と何をしようと、自分にはもう関係ないはずだ。

「気になるのか」

耳の端《はし》で囁《ささや》かれた低い声に、びくっと肩を震《ふる》わせる。流生にいとも簡単に本心を突かれて、焦《あせ》って否定するしかなかった。

「べ、別に…っ。なんかあいつ、お前に構って欲しがってるっていうか、昔からちょっと、変だよな」

「操」

「俺をからかったって面白《おもしろ》くないのに。——お前たちで勝手に仲良くやってりゃいいんだ。流生が、あいつがいいって言うなら……」

自分の口が勝手に言葉を並べ立てている。頭の中では、嫌だと思っているのに。

唇を噛《か》み締めた自分が、流生に他《ほか》の友人が出来るたびに拗《す》ねていた、中学時代の自分と重なった。心の奥で眠《ねむ》っていたあの頃《ころ》の独占欲《どくせんよく》に、今もまた振《ふ》り回されている。

「そんなに可愛《かわい》いこと言うなよ。お前、立花に嫉妬《しっと》してるだろう」

「——っ」

喉《のど》を押さえ込まれたように声が出ない。嫉妬という、自分でさえも明確でなかったその感情を、流生に見透《みす》かされてしまった。

「し…嫉妬なんか、あいつにする訳ないだろ」

かろうじて絞《しぼ》り出した声が上ずって、変な風に震えているのが分かる。動揺《どうよう》していることを隠《かく》し切れなかった。

「じゃあ、俺が立花に、操と同じことをしてもいいのか？」

「やだよっ」

即答《そくとう》してしまった自分に、流生の意地の悪そうな微笑が近付く。いつの間にか視界のほとんどを彼に埋《う》められていた。

「脈がない訳じゃないのか。——どうなんだよ、操」

流生の右手が自分の頬《ほお》を包む。咄嗟《とっさ》に動けずにいる間に、骨格のしっかりした親指が、ゆっくりと唇の上をなぞっていった。

「脈って……何」

流生の指の感触《かんしょく》が、唇を伝って心臓まで揺《ゆ》さぶる。とくんとくんと速まる鼓動《こどう》が、内側から痛いほど自分を打った。

「お前が俺に惚《ほ》れるってことだよ」

「な——」

驚《おどろ》きで開いてしまった唇を、流生は掠《かす》めるようなキスで塞《ふさ》ぐ。風の速度で攫《さら》っていったそれを、止める術《すべ》はなかった。

「流生…っ」

「逃《に》げないのか？　今日は」

「お前が勝手にしたんだろ。俺は許してない」

「何だ、俺のせいにするのか。……とっくに俺を受け入れてるくせに」

そんなことない、と反論する間もなく、かき口説くような流生の腕《うで》に抱き込まれる。スツールから半立ちになった不安定な状態で、切々と鳴る彼の心臓の音を聞いた。

「立花と俺は、お前が心配するような仲じゃない」

「心配なんか――」

「俺はお前のことで手一杯《ていっぱい》だ。他の奴《やつ》を構う余裕《よゆう》なんかあるか」

どくん、といっそう大きく鳴った心音は、自分のものだったのか流生のものだったのか、はっきりしなかった。そんなことはどうでもよくなるくらいの、乱暴なキスを仕掛《しか》けられる。

「ん、んん…っ」

呼吸を奪《うば》いながら入ってきた舌先が、性急な動きで自分の口腔《こうこう》をまさぐった。流生から離《はな》れようと思っても、定まらない足元がそれを邪魔《じゃま》する。

「くぅ、んっ、ん――」

抗《あらが》った体が一度持ち上げられ、重力を感じなくなった刹那《せつな》、背中を硬《かた》いものの上に預けられた。薄《うす》く開いた瞼《まぶた》の向こうを、天井《てんじょう》の照明が明るくさせている。ガチャン、とグラスが当たる音がして、自分がカウンターの上に押し倒《たお》されていることを知った。

「嫌《いや》だ…っ、流生」

抱かれた記憶《きおく》が蘇《よみがえ》ってきて、逞《たくま》しい胸の下に敷《し》かれた体が震えだす。自分を見下ろしていた流生の瞳《ひとみ》が、どこか痛むように細められた。

「今日は優《やさ》しくする。嫉妬してるお前は、可愛いからな」

「流生――」

「操、お前が悪いんだぞ。中途半端《ちゅうとはんぱ》に俺を煽《あお》るから」

――お前が悪い。流生のたった一言に、胸の深いところを貫《つらぬ》かれて、抗う気力を削《そ》がれてしまった。彼の服を握り締めていた両手を、ゆっくりと剝《は》がされてカウンターに縫《ぬ》い止められる。

「俺たち、親友じゃなかったのか……？」

自分の囁きを無視して、首筋に埋まった流生の唇が、食《は》むようにしてそこに痕《あと》をつけた。

「こんなこと、親友じゃ出来ないだろ」

自分たちが、親友ではない、他の何かに変わろうとしている。

がたがたと震えてしまうのは、今ならまだ親友に戻《もど》れると足掻《あが》いているからだろうか。それとも、もう戻れないと悟《さと》って怖《こわ》がっているからだろうか。

「流生――お前は俺をどうしたいんだよ」

答えてもらえないまま、ひとつひとつ、彼の指先が丁寧《ていねい》に服のボタンを外していく。ベルトを緩《ゆる》める音が二回あったことに、ひどくうろたえて視界が揺れた。

「や、…やめ…っ」

「――操。暴れるな」

下着の上から流生が恥《は》ずかしいところを重ねてくる。隆々《りゅうりゅう》とした彼のそれを感じて、本能的に自分の腰《こし》の奥に火が点《とも》った。

「お前のも大きくなってきた」

「言うなよ…っ、お前がそんなことするから、あっ、あっ、ん」

「いい声だ。さっきよりもっと可愛い」

「ああっ、う、動かすな――」

流生が腰を上下させるたび、重ねられた自分の中心に熱が集まる。だんだんと布が擦《こす》れる音が湿《しめ》ったものに変わっていって、自分が下着を汚《よご》していることに気付いた。

「……すごいな、操、ぐちゃぐちゃだ…」

熱に浮《う》かされたような、甘い声が鼓膜《こまく》に直接吹《ふ》き込まれる。伸《の》びてきた舌先に耳の中を掻《か》き回されて、くすぐったさと紙一重《かみひとえ》の官能を与《あた》えられた。

「い…、や、…あっ、はぅ、あぁっ」

「もっとよくしてやる」

「りゅう、せい…?」

重たくなった下着と、流生の顔が、タイミングを合わせるように下の方へと向かっていく。

着衣を片足だけ脱《ぬ》がされただらしない格好で、大きく膝《ひざ》を開かされて困惑《こんわく》した。

「何──」

流生の息遣《いきづか》いが太腿《ふともも》の内側に近付く。ちゅ、とそこにキスをしながら、彼の指が腰の裏側を滑《すべ》っていった。

「…あ…っ！」

狭《せま》い綻《ほころ》びに指先が埋められていく。ほとんど同時に、限界まで膨《ふく》らんでいた自分の屹立《きつりつ》を温かい唇が包み込んだ。

「あ──、ああ…っ」

体の内側を指でいたぶられ、最も敏感《びんかん》な場所を口で扱《しご》かれる。最早《もはや》どこから鳴っているのか分からない、ぐちゅぐちゅと泡《あわ》が潰《つぶ》れるような音。辱《はずかし》められているのに気持ちいい。

「……い、や、こんな…、ああっ」

ずるりと口から抜《ぬ》かれたそれに、流生の舌が絡《から》み付いてくる。聞き取りづらい声で、彼は上目遣《うわめづか》いに自分を見ながら言った。

「出せよ。操」

こうされたら止まらないだろう、と言われて、信じられなくて涙《なみだ》が出そうになった。流生がそんなことを言うなんて。恥ずかしくて、どうしようもなくて、でも体だけはすぐにでも弾《はじ》けたいと自分を突《つ》き上げている。

「苦しそうにしてる。操のここ。──もう楽にしてやろうぜ」

つぷ、と先端《せんたん》を舌で抉《えぐ》られて、目の前が真っ白になった。たまらなくて浮いた腰を、流生に抱《だ》き締《し》められて逃げ場を失った。

「あっ、ああ、放せ…っ、も、だめ……だめ」

深いところまで飲み込まれて理性が崩《くず》れる。流生の指をきゅうきゅうと締め付けながら、彼のよく動く口内で、自分は欲望《よくぼう》の塊《かたまり》にされた。

「流生、流生…っ！」

頼《たよ》るものがない両手を彼の黒髪《くろかみ》へと伸ばす。長いそれを指で摑《つか》んで、我慢《がまん》が出来なくなった衝動《しょうどう》を彼の中へと溢《あふ》れさせた。

「いく――、あ、あぁ、ん、んっ！」

陶酔《とうすい》と罪悪感で真っ二つになりながら、一度では終わらない快感を、小さく何度も繰《く》り返す。こく、と鳴った流生の喉《のど》に、欲望を全部飲み下されてしまった時、自分はもう耐《た》えられなくなって涙を零《こぼ》した。

5

東京には珍《めずら》しく、数日降り続いた雪は、都心の風景を純白に変えている。クリスマスイブだったらさぞ盛り上がるだろうに。出勤途中《とちゅう》にある商業ビルのツリーも、オーナメントが雪をかぶって趣《おもむ》きのあるオブジェになっていた。

一年で最も街が華《はな》やかになる季節。そんな日の朝に、どんよりとした気分で会社に辿《たど》り着いた自分がいる。

「おはようございまーす」

「……おはよう」

「何か暗いですねえ、伊澤さん。雪ってテンション上がりません？」

「そんなの子供だけ。——寒がりにはつらいよ」

テンションが上がらないのを寒がりのせいにして、ロッカーに脱いだコートとマフラーを仕《し》舞《ま》った。

本当なら自宅にひきこもってどこへも出たくない。単なる出社拒否症《きよひしよう》なら自分のデスクに着いた段階で切り替《か》えることが出来るけれど、この重症《じゆうしよう》度は半端《はんぱ》じゃなかった。

「伊澤さんにいいものあげます。はい、外回りの必需品《ひつじゆひん》」

「あ…ありがとう」

営業部の後輩《こうはい》が投げて寄越《よこ》した携帯《けいたい》カイロを、不格好に落としそうになりながら何とか受け取る。彼の気遣《きづか》いが嬉《うれ》しいような、わずらわしいような、とにかく今は放っておいてくれ、と、自分は厭世《えんせい》的な気持ちの方が勝っていた。

ここ暫《しばら》く、ひどい自己嫌悪《けんお》に悩《なや》まされている。理由は言わずもがな、流生だ。

一度目に彼に抱《だ》かれた時は無理矢理《むりやり》だった。力で流生に敵《かな》わなかったんだから、悔《くや》しがったり彼に文句をぶつけたりしていれば、ふがいない自分に言い訳をすることが出来た。でも二度目は違《ちが》う。昔の天敵に焼きもちを焼いた挙げ句、流生の愛撫《あいぶ》に溺《おぼ》れてしまったことを、いったいどう解釈《かいしゃく》すればいい。

朝礼が終わっても業務に励《はげ》む気にはなれなくて、デスクに戻ってからも上の空だった。あれからシオンに行くのはやめて、流生のことを頭から追い出そうと努力した。でも、ふと気付くと彼のことばかり考えている。

プライベートをここまで引き摺《ず》ったことはない。歴代彼女と別れた時だって、かえって仕事に打ち込んで上司に褒《ほ》められたりしたのに。

「――伊澤」

「あっ、はい！」

真向かいのデスクの先輩《せんぱい》に呼ばれて、慌《あわ》てて顔を上げる。営業部の主任をやっている彼は、パソコンのキーボードをパチパチ叩《たた》きながら、ちらりとこっちを見た。

「今期の営業報告書を作ってるんだけど、辻本建設の件、あれどうなってる？」

「あ…」

「――見積もりを出して三、四日経《た》つけど、まだ返事もらってないよね。ちょっと遅《おそ》いんじゃないかな」

先輩に遅いと指摘《してき》されて、今更《いまさら》のように気付く。

商談のためにあんなに頑張《がんば》っていたのに。流生のことでいっぱいいっぱいになっていて、仕事のことや、辻本さんのことを後回しにしてしまっていた。

「す、すいません。こちらから結果を催促《さいそく》するのも、どうかと思うんですが」

「まあ、金額がでかいし、気を遣う相手ではあるけど。とりあえず今週末まで待って様子を見てみる？」

「……はい。そうですね…」

冷静な先輩と相反するように、自分の頭の中が熱くなってくる。

流生とは別の意味で、大きなトラブルを抱《かか》えていたのを思い出した。あんなことがあってすっかり忘れてしまっていたが、シオンで自分に迫《せま》ってきた辻本さんとは、あれ以来一度も会っていないし連絡《れんらく》もない。

取引先の人に誘《さそ》われて、あろうことかキスをされそうになるなんて。自分が女ならセクハラになるんだろうが、何せ向こうは大きな商談相手の責任者だ。自分が感情に任せて下手《へた》な対応をすれば、会社全体の問題になってしまう。

はっきりしているのは個人的なトラブルを会社に持ち込んではいけない、ということだ。

「困ったな……」

午前中は何とかデスクワークをこなして、昼休憩《きゅうけい》に一人で洗面室へ立ち寄って顔を洗った。冷たい水が滴《したた》った自分の頬《ほお》が、心なしか痩《や》せてきた気がする。

考えることが多過ぎて食欲《しょくよく》が追い付かない。ちゃんと味がするものを口に入れたのは、最後にシオンに行った日、流生が出した酒を飲んだ時だ。

「また流生のことかよ——」

これ以上悩みは増やしたくないのに、シェーカーを振《ふ》る彼の姿が頭に浮かんでくる。抱かれたショックからもまだ立ち直れていない。シオンのカウンターで恥《は》ずかしい姿を見せてしまったことも、思い出すたび生々しくて赤面ものだ。

どうしてあの時、流生を拒《こば》めなかったんだろう。本能に負けてしまう自分の理性が憎《にく》い。同じ男なのに、彼と自分では経験値が違い過ぎるんだ。親友の、しかも男を、普通《ふつう》だったらあんな風には抱けない。

「でも——あいつは俺のことを、好きだって言った」

その言葉がずっと頭の奥に残って、親友とそうでない者との境界線を曖昧《あいまい》にさせる。自分も昔から流生のことを大事にしてきたし、これから先も彼のそばにいたいと思っていた。でも、それはきっと、流生が言う『好き』とは同じじゃない。

洗面室を出た後も、通路を歩きながら思考は完全に流生に持って行かれている。そんな自分に通りすがりの社員たちが声を掛《か》けてきた。

「伊澤、俺たち昼メシに行くとこなんだけど、お前もどう？」

「――あ、うん…」

「この時間にお前が社内にいるの珍しいよな」

他部署にいる同期入社の友人たちだ。二人とも研修時代から気が合って、部署が別れた今もたまに遊んだりする。

いったん会社を出て、近くにある和食の店に連れ立って入った。夜は雰囲気《ふんいき》のいい居酒屋になるその店は、ランチの時間帯はほぼ自分の会社の社員食堂状態だ。

「ラッキー。今日のA定食唐揚《からあ》げだって」

「俺はB定の生姜《しょうが》焼き大盛り。伊澤は何にする？」

「…えっと、月見そば」

「少食だなー。だから痩せてるんだよ」

「男ならもっとがっつり食えよ」

食欲旺盛《しょくよくおうせい》な二人に好き放題言われながら、店員を呼んで注文をする。サービスで出された温かいお茶が空《す》きっ腹に染《し》みた。

社内の友人たちとの話題は、給料とかボーナスとか、どこそこの部署の女の子が可愛《かわい》いとか、代わり映《ば》えのしない内容ばかりだ。適当に相槌《あいづち》を打っているうちに時間が過ぎていくのが気楽でいい。

食欲が湧《わ》かないまま、バイトの店員が運んできた熱いそばを啜《すす》っていると、急に思い出したように友人の一人が言った。

「そう言えば伊澤、お前愛美ちゃんとまだ続いてんの？」

うぐっ、とそばを噎《む》せそうになって、焦《あせ》って紙ナプキンで口元を押さえる。愛美にふられてからまだそれほど日数は経っていない。

いつものごとく一方的に捨てられてショックかと思いきや、それよりもショックなことがあって、愛美のことは後回しになってしまっていた。週末は必ずデートをしていた彼女との蜜月《みつげつ》が、もう何年も前の過去のことのようだ。

「あの子とは駄目《だめ》になったよ。ふられた」

「えー、もったいない。俺らの仲間内でも愛美ちゃん人気あったのに」

「俺、後釜狙《あとがまねら》っていい？」

「やめとけ。もう好きな奴《やつ》がいるってさ」

そう言うと、テーブルの向かい側に座っている二人からとても同情的な瞳《ひとみ》を向けられた。

「——愛美のことはもういいんだ。連絡もないし、完全にふられた。この話はこれで終わり」

「伊澤…。俺たちがいい子紹介《しょうかい》してやるからな」

「そうだよ。次の恋《こい》だよ次の恋。——あっ、おーい、こっちこっち」

「え？」

友人が手を振って呼んだ方を、自分も見た。すると、店に入って来たばかりの女子社員が二人、こっちのテーブルへ近寄ってくる。

「遅いよー、二人とも」

「すいません、出がけに上司に捕《つか》まっちゃって。失礼しまーす」

自分の隣《となり》とその隣の席が、あっという間に埋《う》まってしまった。

「こいつ、営業部の伊澤ね。伊澤、システム担当の檜山《ひやま》さんと寺西《てらにし》さん」

「あ…こんにちは」

「はじめましてー」

「すごーい。間近で見ると噂《うわさ》よりも美形なんですね、伊澤さん」

「う、噂？」

「お前さ、顔だけはいいって社内で言われてるの知らないのか」

「何だよ、顔だけって」

まるで中身がないと言われているみたいだ。むっとしている自分のそばで、紹介されたばかりの彼女たちがきゃっきゃと囁《ささや》き合っている。女の子らしい二人を見ていると、まるで合コンのようで、恋が始まるのはいつもこんな何気ない瞬間《しゅんかん》なんだよな、とふと思った。

愛美とも確か、関連会社の連中と飲み会をしたのが始まりだった。あの時も失恋《しつれん》したばかりで、料理を取り分けたり心配りの出来るお嬢《じょう》さんに見えた愛美に惹《ひ》かれたんだ。

「なあなあ、今度この五人で遊びに行かない？」

「おっ、いいねー。俺車出すよ」

「伊澤さんも一緒《いっしょ》なら私も行きまーす」

ノリの軽い会話に、自分だけついて行けない。今までやってきた、失恋を乗り越《こ》えるための次の恋に、一歩踏《ふ》み出す気力がない。

「…うん。予定が空いてたら、考えるよ」

テーブルの下で、がつん、と友人が自分の足を踏んだ。空気を読めということだろう。でも、新しい彼女を無理矢理《むりやり》作る気には、どうしてもなれなかった。


長い一日が過ぎて、就業時間が終わる頃《ころ》には、また雪が降り始めていた。窓から見ている分には綺麗《きれい》だけれど、出勤の時よりさらに外の気温は下がっている。

「よく降るな――」

寒さに首を竦《すく》めながら傘《かさ》を広げていると、社屋の前を通っている車道からクラクションが鳴らされた。雪景色に映える真っ赤なアルファロメオが停《と》まっている。

「……流生？」

定休日しか乗らない彼の愛車だ。するすると運転席のウィンドウが下りて、中から普段着《ふだんぎ》姿の流生が顔を出した。

「乗れよ。操」

「何でお前がここに？」

「お前の身体《からだ》が心配だからな」

「ば……バカ！」

意味深な言い方をされて、つい過剰《かじょう》反応してしまう。車内から、流生のからかうような笑い声がした。

「嘘《うそ》だよ。近くまで来たから。――この雪で電車停まってるぞ」

「えっ」

東京の路線は雪に弱いから、それも時間の問題だと思っていた。流生の車に乗るのは抵抗《ていこう》があるけれど、非常事態に背に腹は替《か》えられない。

「じゃあ、乗ってやる」

そう告げて助手席に乗り込むと、流生は静かにハンドルを切って、自分のマンションがある方向へと車を走らせた。ステレオからはＦＭのラジオが流れ、流行《はや》りの気怠い男性ボーカルが、会話のない車内をさらに気まずい空間にしている。

――今まで、こんな時はどう過ごしていたっけ。

お互《たが》いに四六時中話しているタイプじゃないから、一緒にいてもぽつぽつ用件だけを伝えて、後は黙《だま》っていることも多かった。流生と二人で過ごしていて、こんな風に沈黙《ちんもく》が重たいと思ったことはない。

「…ラジオ、変えていいか？」

「ああ」

邦楽《ほうがく》のラブソング特集よりは、社会人らしくニュースでも聞く方がいいだろう。チャンネルを変えると、スピーカーから交通機関の雪情報が流れ出した。

『只今《ただいま》の時間はＪＲの全線、埼玉、茨城、千葉方面へ向かう私鉄の全線が運休となっております。運転再開の情報はまだ入っておりません』

地下鉄が走っていない自宅周辺は、陸の孤島《ことう》状態になっているらしい。流生に借りはなるべく作りたくないから、素直《すなお》に礼を言った。

「拾ってくれて助かった。……ありがと」

「ついでだよ」

くい、と流生が立てた親指を後部座席に向ける。バックミラーには買い物をして来たと見える、ショップの袋《ふくろ》が並んでいた。

「何？」

「クリスマス用のグラスとか、テーブルウェア。客のリクエストがあったから、店で使おうと思ってな」

「ふうん。ツリーは？」

「今年は小さい鉢《はち》を注文した。カウンターに置くのにちょうどいい」

洒落《しゃれ》た店だと評判のシオンには、本物のモミの木が似合う。カウンターに置けば雰囲気も出て、カップルの客にはいいかもしれない。でも、そのカウンターを思い出すと、あそこで流生にされたことまで頭に浮《う》かんでしまって、平静ではいられなくなる。

ちら、と流生の方を覗《のぞ》き見て、信号や対向車の照らす明かりに精悍《せいかん》な横顔が浮かぶたび、何の動揺《どうよう》も見せない彼の態度に胸が締《し》め付けられた。

悩《なや》んでいるのは自分だけだ。こうして二人きりでいることを、どう消化したらいいのか分からないのも。

「俺の顔にゴミでもついてるか？」

「う…、いや」

面白《おもしろ》がるように流生に言われて、自分が彼をずっと見詰《みつ》めていたことに気付く。でも、目を逸《そ》らしてもすぐにまた彼を見てしまって、俯《うつむ》いたら俯いたで、彼の呼吸音ひとつに反応して挙動がおかしくなる。

続けることが出来なかった会話が、再び車内に沈黙を生んだ。コートを着たままの自分の体が、エアコンに煽《あお》られたように体温を上昇《じょうしょう》させている。

「——何だか、暑いな」

そう言って、流生はエアコンのスイッチを切った。彼はシャツにジャケットだけの薄着《うすぎ》だ。もしかしたら、流生もこの沈黙を意識しているのかもしれない。

「操」

赤信号で車を停めて、流生はおもむろにジャケットのポケットをごそごそやった。飾《かざ》りも何もない小さな箱を取り出すと、それを助手席のドリンクホルダーにそっと置く。

「お前にやる」

「……え？」

「そいつもついでだ」

フロントガラスが青色に染まって、まるで雪景色を切り裂《さ》くように車が急発進した。スリップが怖《こわ》くて咄嗟《とっさ》に流生の腕《うで》を掴《つか》む。

「危ない。スピード出し過ぎ」

「大丈夫《だいじょうぶ》だ。これくらい」

流生は前を向いたまま、こっちを見るともなくハンドルを握《にぎ》り締めている。気のせいかもしれないけれど、彼はどこかばつが悪そうにしていた。

「……開けないのかよ。それ」

「え――」

彼の視線が、短い間ドリンクホルダーに落ちる。そこに置かれているのはさっきの箱だ。飾り気のないのがかえって自分の好奇心《こうきしん》を誘《さそ》った。

「何だろ。結構重い」

手に持って箱の中身を取り出してみる。一目見て、綺麗《きれい》なその細工を気に入った。掌《てのひら》より一回りほど小さいサイズの、クリスタル製のツリーだ。

「よく出来てるなあ、これ」

「買い物の途中《とちゆう》で工房《こうぼう》を見付けたんだ。ペーパーウェイトらしい」

「へえ」

細工のいいものは、素人《しろうと》が見てもいいものだと分かる。値段も結構するだろう。リボンも何もついていないけれど、まるでクリスマスプレゼントみたいだ。

「――お前が俺にこういうものをくれるの、初めてだ」

ああ、とか、うん、とか、流生が小さな声で返事をしている。相変わらず彼はこっちを見ない。

「誕生日もクリスマスも特に祝ったことないのに。何だよ、急に」

「言っただろ。ついでだ」

「別に、これが買い物のメインとか考えてないけど」

「……使えそうなら使え。会社でも、自分の部屋でも」

ぶっきらぼうに答えながら、流生はオフィス街と下町の間に架《か》かる、大きな陸橋へと車を進めた。

このままこのツリーをもらってもいいんだろうか。もう親友とは言えない自分たちの関係を思い起こして、一瞬《いっしゅん》、心の中に惑《まど》いがあった。

「俺を懐柔《かいじゅう》するつもりなら、シオンを畳《たた》んでお前の全財産をつぎ込んでも足りないよ」

今まで積もり積もっていた流生への疑問を、くだらない譬《たと》え話にして突《つ》き付けてみる。昔からケンカらしいケンカをしたことがない自分たちだ。どこまで相手にぶつけていいのか、加減なんか知らない。

すると、流生は何を思ったのか、少しだけ目を伏《ふ》せて苦い顔をした。この間、店のカウンターで自分を翻弄《ほんろう》した彼とは似ても似つかない顔だった。

「そんな深い意味はない。お前が喜びそうだから買った。それだけだ」

「……本当に、それだけ？」

「ああ。いらないなら捨ててくれていい」

本当に、ただのプレゼントなんだろうか。流生の言葉の裏を探そうとしても、淡々《たんたん》と言った彼の口調からは他《ほか》に何も読み取れない。

掌の中の小さなツリー。透明《とうめい》できらきらしていて、とても綺麗だ。ずっとそれを見ていると、サンタクロースを待っていた子供の頃《ころ》のように、嬉《うれ》しく思えてくるのが不思議だった。

流生が時折シオンで飲ませてくれた幻《まぼろし》の酒や、彼が作る手料理。今まで流生が与《あた》えてくれるものを自分は喜んで受け取っていたけれど、このツリーは、それらのどれとも違《ちが》う気がした。

「これ——もらっていいか？」

「……ああ」

「お返しはないぞ」

「いらねぇよ。そんなもの」

流生の横顔が微笑《ほほえ》んでいる。厭味《いやみ》を言ったつもりだったのに、どうして彼は、そんなに喜んだ顔をするんだろう。

陸橋を越《こ》えた車は、下町の住宅街へゆっくりと入って行く。今時セキュリティも何もない自宅のマンションの駐車場《ちゆうしやじよう》で、流生はエンジンを止めた。

箱に戻《もど》したツリーを鞄《かばん》へと仕舞《しま》いながら、まだ彼に、ありがとうと言っていないことに気付く。いざ口に出そうとしたら恥《は》ずかしくて、素直になれない自分の心が、たったそれだけの言葉を声にするのを躊躇《ためら》わせた。

物思いに耽《ふけ》ったまま、シートに深く沈《しず》んでいた自分のそばで、流生が身じろぎをする。

「——降りないのか？」

彼は掠《かす》れた声で囁《ささや》きながら、つけっ放しのラジオを切った。車内を包んだ静寂《せいじゃく》が自分の心音を大きくさせる。

どうしてこんなに、鼓動《こどう》が鳴り止《や》まないんだろう。流生と二人きりでいるだけで。胸の奥も頭の中も、自分の内側が彼で満ちていく。

すると、流生はあっという間に自分を抱《だ》き締め、左胸に耳を当ててきて、長い睫毛《まつげ》を瞬《またた》くように上目遣《うわめづか》いをした。

「壊《こわ》れそうだな。操」

長い間、自分のことを見続けてきたその瞳《ひとみ》には、嘘《うそ》もごまかしも効かない。流生の前では、自分はいつだって丸裸《まるはだか》だ。

「……お前が悪いんだ…。心臓によくないことばっかりするから…っ」

真剣《しんけん》な顔で頷《うなず》きながら、キスの角度で寄せてきた彼の唇《くちびる》に、また心音のリズムを乱される。

どきどき、どきどき。体じゅうで暴れている血液が脳に上って、ぽうっと目の前の光景に紗《しゃ》がかかった。

「操——。さっきはいらないと言ったけど、やっぱりくれよ。——プレゼントのお返し」

しんしんと雪に降られた車内に響《ひび》く、流生の低い声。彼の漆黒《しっこく》の瞳に見詰められて、時間が止まったかのように動けなくなる。

「……ん…っ」

唇が重なって、しっとりとした優《やさ》しいそれに、自分の瞼《まぶた》が自然に閉じていった。

一緒《いっしょ》に呼吸をして、離《はな》してはまた重ねる、まるで――恋人《こいびと》のようなキスだ。彼とこんなことをしてはいけないのに。もっと続けて、もっと溶《と》けてしまいたくなるくらいの、密《ひそ》やかに交《か》わすキス。

「流生……」

優しいまま解けていったキスの相手を、自分でも聞いたことがないような、甘ったるい声で呼ぶ。すると、流生は男らしい微笑を浮かべながら、抱き締めていた両腕《りょううで》をそっと離した。

「雪、だいぶ積もってるから。転ぶなよ」

「…あ…」

「じゃあな。操」

流生はそう言って、もう一度自分に微笑んで見せた。

――何だ、帰るのか……。

ぼんやりと頭の中にそれが浮《う》かんだ瞬間《しゅんかん》、冷水を浴びたように現実に戻った。

今自分は、いったい何を考えたんだろう。まるで流生に帰って欲しくなくて、寂《さみ》しがっているみたいじゃないか。

「早く行けよ。トロくさいことしてると、ここで抱《だ》くぞ」

挑発《ちょうはつ》的な瞳をしながら、流生がぐっと顔を近付けてくる。混乱した自分は、半ば無意識で彼の頬《ほお》を叩《たた》いていた。

「じ、冗談《じょうだん》はよせ…！」

そのまま流生を突き飛ばして、助手席のドアから転げるように外へ出る。

マンションのエントランスへと逃《に》げる背中に、彼の視線を感じた。フロントガラス越《ご》しにじっと見詰《みつ》められて、雪が降っているのに熱いくらいだ。

自分の部屋へ駆《か》け込んで、バタン、と勢いよくドアを閉める。鍵《かぎ》もチェーンもかけてドアに凭《もた》れていると、駐車場を出て行く車のエンジン音が微《かす》かに聞こえた。

「流生――」

心臓の鼓動が収まらない。流生にどきどきさせられてばかりの、見知らぬ自分がここにいる。

「何やってんだろう、俺」

ごつん、と後頭部をドアに打ち付けて、電気をつけないまま暗い天井《てんじょう》を見上げた。余計なことを考えなくて済むように、叩いた感触の残る自分の手を握《にぎ》り締《し》めて、心音が落ち着くまでずっとそうしていた。

6

ぐるぐる、ぐるぐる、思考が山手線のように周回している。何日もよく眠《ねむ》れなかった両目を擦《こす》って、頭の中のように曇《くも》った冬の空を車窓から眺《なが》めた。雪から復旧した電車は、今日はダイヤの乱れも感じさせずに自分を職場へと運んでいる。

「…はあ」

このところすっかり増えた溜息《ためいき》をついて、駅から程近《ほどちか》い会社に出社した。

仕事のことも、辻本さんのことも、今は頭から除外したい。自分の容量はもう流生のことでいっぱいで、今にも溢《あふ》れ出しそうなのだ。

「あ——」

鞄の中のファイルを探《さぐ》っていると、底の方に入れっ放しにしていた白い箱を見付けた。自分のデスクの上にそれを出して、中身のペーパーウェイトを手に取る。オフィスの蛍光灯《けいこうとう》に反射して、クリスタルが宝石のように輝《かがや》いている。

「……」

流生に車で送られた夜から、ずっと彼のことを考えていた。親友だった頃だって、ここまで自分の心が流生に占《し》められたことはない。まるで見えない網《あみ》に捕《と》らえられてもがいているみたいな、息苦しい思いがする。

「わー、可愛《かわい》いですね、そのペーパーウェイト」

クリスタルのモミの枝を指でなぞっていると、隣《となり》から突然《とつぜん》声を掛《か》けられた。デスク周りのステーショナリーを、ブランド物で統一して拘《こだわ》っている同僚《どうりょう》だ。その辺りの情報に詳《くわ》しくて仕事にも役立てている。

「ちょっと見せてもらってもいいですか？」

「あ、うん。どうぞ」

小さなツリーを渡《わた》すと、同僚はしげしげとそれを見て、台座の裏側に彫《ほ》られた銘《めい》に気付き、ああ、と声を上げた。

「やっぱり。これ『オルゾ』の工房《こうぼう》ですね。すごく人気あるんですよ、ここのクリスタル」

「え？　そうなの？」

流生はたまたま工房を見付けた風に言っていたけれど、違《ちが》うんだろうか。

「雑誌やテレビでもよく特集されてて、熱心なコレクターも多いって聞きました。どうしたんです？　これ」

「もらいものなんだ」

「えー、いいなー。趣味《しゅみ》がいいんですね、伊澤さんの彼女さん」

どうして彼女限定なんだろう。不思議に思って、首を傾《かし》げた。

「彼女じゃなくてもプレゼントなら誰《だれ》でも出来るよ」

「だってこんな高いの、恋人じゃなきゃ贈《おく》らないですよ。このサイズで六桁《けた》は軽くいくし」

「ええっ？」

そんなに高価だとは思わなかった。流生からも一言も聞いていない。

「はい、お返しします。会社だとちょっとあれだから、自宅使いにした方がいいと思いますよ」

「あ…うん」

彼は何を思って自分にこのクリスタルを渡したんだろう。

お互《たが》いにプレゼントなんかしなくても、自分たちは誕生日もクリスマスも気にしたことがなかった。学校に通っていた頃《ころ》は一緒にバカをやって、それだけで楽しかったから。

「何で今になって急に——？」

抱いたことの罪滅《つみほろ》ぼしだろうか。でも、このクリスタルをくれた時、流生はけして悪びれてはいなかった。

最初からプレゼントをするつもりで、彼は準備していたんだろうか。まるで恋人たちがそうするように、自分をただ喜ばせるためだけに。

買い物のついでだと言っていた彼の、ばつの悪そうな横顔を思い出すと、自分も照れくさくなって同じような表情になった。

「慣れないことするなよ。……バカ」

デスクの上のクリスタルを見詰めて、流生のことを考える。

好きだと言われて、彼に抱かれて、親友のままではいられなくなった。今まで知らなかった流生の一面を見せられるたび、自分の心の内側も暴《あば》かれていく気がする。

子供の頃の独占欲《どくせんよく》を思い出したり、彼のことを考えるだけでどきどきしたり。そんな自分をどう説明すればいい。あの雪の夜も、自分は彼のキスを拒《こば》まなかった。

プレゼントのお返しに、と流生が求めてきた唇の余韻《よいん》が、自分のそこに蘇《よみがえ》って微かに震《ふる》えを帯びる。自分の気持ちひとつままならないくせに、癇癪《かんしゃく》を起こしたように彼の頬を叩いて、そのまま別れてしまったのだ。

流生に謝らないといけない――。静かにそう思いながら、朝礼が始まるベルを聞く。その日は一日が終わるのがとても長かった。


『――オーストラリアのサンタクロースは、水着姿なんだぜ』

『嘘《うそ》だあ』

『ほんとだよ。日本とオーストラリアは季節が真逆なんだ。向こうでは、サンタはトナカイじゃなくてサーフボードに乗ってやって来るんだ』

イルミネーションの街並みを歩きながら思い出す。中学の頃、流生に教えてもらった世界のクリスマスの話。地理の授業が苦手だった自分は、北半球と南半球では季節が違うことを、その時に初めて知った。

「何でもよく知ってたよな、あいつ。流生の話は授業を聞いているより面白《おもしろ》かった――」

小さな記憶《きおく》から覚めた六本木の歓楽《かんらく》街は、今夜も大勢の酔客《すいきゃく》で賑《にぎ》わっている。通い慣れた歩道にはカップルやビジネスマンのグループが溢れていて、シオンのある通りに出てからも人混《ひとご》みは途《と》切《ぎ》れない。

ついこの間まで、六本木に来るのは自分には日常で、自宅に帰るのと同じような感覚だった。仕事帰りにシオンに寄って、流生が出してくれる酒と料理を楽しんで、彼ととりとめもない話をする。それなのに、今は何か口実がないとこの街に来られない。

「いきなりあいつを叩《たた》いたのは俺だし。……ちゃんと謝らなきゃな」

今になっても、自分が流生とのことをどうしたいと思っているのか、よく分からなかった。絶交したいのか、親友に戻《もど》りたいのか、そのどちらでもないのか。

初めて抱《だ》かれた時に、流生を拒み通せればよかったのに。そうしたらこんなに惑《まど》うこともなかったはずだ。

——流生を嫌《きら》いになれない。

結局そうなんだ。今までの関係が壊《こわ》れたとしても、彼の存在は自分にとっては大き過ぎる。誰かを好きになって、ふられた痛みに泣いても、ヤケ酒をすれば忘れてしまう。流生に愚痴《ぐち》をぶつけて、慰《なぐさ》められて、それで終わりだ。

失恋《しつれん》の傷を引き摺《ず》ったことがない自分が、唯一《ゆいいつ》、流生のことだけは引き摺っている。こうしていつまでも考え込んで、答えのない問いを自分に繰《く》り返している。

「あ……」

通りの向こうにシオンの看板が見えてきて、思わず左手に提《さ》げていた鞄《かばん》の持ち手を握り締めた。

流生に叩いたことを謝って、いったんプレゼントを返しておこう。そしてもう一度最初から、彼の気持ちを確かめてみよう。いつから自分のことが好きだったのか。これから自分たちはどうすればいいのか。今までみたいに、彼に真正面からぶつかってみればいい。

覚悟《かくご》をして足を進めていると、シオンが入ったビルの階段から、二人連れが下りてきた。黒いスラックスに白いシャツの男と、ブーツにファーのコートを着た髪《かみ》の長い女。

その二人に見覚えがあり過ぎて、両足が全く前に進まなくなる。

「愛美。——流生」

どくん、と心臓が波打って、自分の中のどこかが軋《きし》む。

「どうして愛美がここに…?」

まさかここで、彼女と遭遇《そうぐう》するとは想像もしていなかった。愛美を初めてシオンに連れて来たのは自分だ。あれからすぐにふられて、電話もメールもなかったのに。

「何してるんだ、二人で」

反射的に他《ほか》の店の看板の陰《かげ》に隠《かく》れた自分が、ひどく滑稽《こっけい》な人間に思える。愛美は酔《よ》っているんだろうか。流生を熱っぽい瞳《ひとみ》で見上げながら、彼の腕《うで》に自分の腕を絡《から》めている。

どくん、とまた胸の奥が揺《ゆ》れた。

——愛美が流生に触《ふ》れている。甘えているように見えるその仕草が、どうしてだか自分を苛《いら》立《だ》たせた。

「離《はな》れろよ」

吐《は》き捨てるように小さく言って、流生の方へと目を向ける。すると、彼は密着している愛美を避《さ》ける風でもなく、隣《となり》を歩きながら空いている方の手で煙草《たばこ》を吹《ふ》かしていた。

「何で——?」

鼓動が乱れだした胸の辺りを摑《つか》んで、ぎゅ、と息を止める。バーのマスターと客が連れ立っているだけだ。そんな見慣れた光景、この街にはどこにでも溢《あふ》れているのに。体の中を嵐《あらし》にさせる、この苛立ちは何だろう。

ネオンの届かない暗がりに、二人のシルエットが仄白《ほのじろ》く浮《う》かび上がる。話している声はここ

までは聞こえなかった。どくどくと鳴る心音を隠しながら見詰《みつ》めていると、固唾《かたず》を呑《の》んだ自分の数メートル先で、愛美が体ごと預けるようにして流生に抱き付いた。

「っ…」

逞《たくま》しい首に回した細い腕。彼女の背中で翻《ひるがえ》る長い髪。それは、恋《こい》をしているとしか思えない女の後ろ姿だ。鈍《にぶ》い自分の頭の中に、ひとつの答えが浮かんでくる。

「愛美が一目《ひとめ》惚《ぼ》れをしたのは…あいつなのか——？」

流生の腕が、彼女を抱き返したかどうかは定《さだ》かじゃない。キスを待つように愛美が首を傾《かたむ》けたから、流生がそれに応《こた》えたのか気になって仕方なくて、でも結局、それ以上見ていることが出来なかった。

「……流生…っ」

何が何だか分からない。後ずさりした両足で、目の前の光景を振《ふ》り切りながら走り出す。心臓が壊れそうだ。

激しい鼓動に見え隠れしながら、自分の体の奥底が、じりじりと焼けていくのが分かる。

「どういうことだよ——」

自分をふった愛美に怒《おこ》っているんじゃない。

親友に彼女を取られた、自分に怒っているんじゃない。

ただ、二人のキスシーンなんて見たくなかった。愛美に触れる流生を、見たくなかった。彼が触れるのは、自分だけだと思っていたから。

「俺のことを、好きだって言ったくせに」

持て余すくらいの独占欲が、呟《つぶや》きとなって唇《くちびる》から漏《も》れ出す。

後から後から立ち上る火のようなそれは、愛美を素通《すどお》りして、まっすぐに流生へと向かっている。

「それなのに何で、愛美と抱《だ》き合ったりするんだよ」

流生に向けた怒《いか》りと一緒《いっしょ》に、嫉妬《しっと》という強い感情が、いつの間にか自分を包み込んでいた。

ビルとビルの狭間《はざま》に逃《に》げ込みながら、気付いたことがひとつある。どうして今まで気付けなかったんだろう。自分にはそれが当たり前過ぎて、何の疑問も持っていなかった。

「俺、愛美のこと、全然考えてない」

まだ別れてから日も浅いのに。愛美が今、誰《だれ》を好きかなんて、もうどうでもよくなっている。

――立花と再会した時もそうだ。流生に抱かれたショックより、立花が流生と今も会っていたことの方が、自分には重大だった。

ついこの間まで付き合っていた彼女のことより、過去の独占欲《どくせんよく》より、今、頭の中をいっぱいにしているものがある。

「流生のことばっかりだ――」

もうずっと、彼のことばかりだ。この胸苦《むなぐる》しい感情も、嫌いになれない本音も。ばらばらに乱れている思考回路の全《すべ》てが流生に繋《つな》がっている。

長いこと彼と一緒にい過ぎて、かえって見えていなかった。自分がどれほど流生を頼《たよ》りにしていて、甘えきっていたか。立花に揺さぶりをかけられ、愛美と流生のワンシーンを見ただけでこんなに動揺《どうよう》するくらい、自分の世界は彼で成り立っている。

ただの友人なら嫉妬なんかしない。無理矢理《むりやり》抱かれても壊したくない友情なんて、それはもう友情じゃないだろう。

「俺は、あいつのことが、好きなんだ」

親友だった男に抱《いだ》いた、逸脱《いつだつ》した気持ち。嘘だ、と打ち消したくても打ち消せない。

同級生の彼に惹《ひ》かれた時から、多分この想《おも》いは始まっていたんだろう。親友という立ち位置に満たされ過ぎて、ただ気付かなかっただけで。

「流生が好きだ――」

湧《わ》き上がってくる想いが声になって冬の街に溶《と》けていく。吐く息は白く、冷たいのに、体じゅうが流生を求めて、熱くて熱くてたまらなかった。

7

勢いよく出したシャワーの下で、俯いたまま熱い湯を浴びる。

熱帯夜の夏でもないのに、寝苦《ねぐる》しくて汗《あせ》をかいた。目を閉じても流生のことが頭に浮かんできて、満足に眠《ねむ》らせてもらえない。

長い間、親友だと思っていた男に恋をした。それはどきどきするような甘い感情だけでなく、左胸を突《つ》き刺《さ》すような、痛みも一緒に教えてくれる。

「……っ」

まるでフラッシュバックのように、彼と愛美の光景が脳裏《のうり》にちらつく。シオンのビルの階段で、あれから二人がどうしたのか、想像するのが嫌《いや》で髪をがしがしと洗い流した。

流しっ放しのシャワーを止めて、湯気で曇《くも》ったバスルームのドアを開ける。濡《ぬ》れた体をタオルに包んで、少しもさっぱりしない気分をどうにか落ち着かせようと、キッチンへ急いだ。乱暴な手つきで冷蔵庫からペットボトルを取り出し、冷たい水を喉《のど》に流し込んでいく。

二人のことを見ていられなくて、逃げ出してしまった自分自身に腹が立った。気付いたばかりの恋はまだ頼りなくて、ほんの僅《わず》かなきっかけで吹き消されてしまいそうな、心細さの上に成り立っている。

髪から垂れる水滴《すいてき》をタオルで拭《ぬぐ》って、暖房《だんぼう》をつけないままリビングのソファに体を預けた。テーブルの片隅《かたすみ》に置いていた携帯電話《けいたいでんわ》のデジタルは、もう深夜の時間帯になっている。酔客《すいきゃく》が増えて、シオンの店内が賑《にぎ》やかになる頃《ころ》だ。忙《いそが》しく働いている流生の姿を想像しながら、電話のフリップを静かに開く。

自分の頭の中がごちゃごちゃしていて、感情を整理し切れない。流生と直接、言葉を交《か》わしたら、少しはこの迷いが晴れるだろうか。

「今電話しても……出ないだろうな」

むしろ、出てくれない方がいい。

流生に電話をかけることに、こんなに躊躇《ちゅうちょ》したことはなかった。仕事中だと見越《みこ》した上で、彼の番号を押した自分は意気地《いくじ》がない。

『——はい』

繋がらないと思っていたのに、何回目かのコールの後、流生の声が聞こえてきて驚《おどろ》いた。

いったい自分は、彼と何を話すつもりなんだろう。

耳元に微《かす》かにジャズが流れてきて、目を閉じた瞼《まぶた》の裏側に、よく知ったシオンの店内の光景が広がっていく。サックスの小気味いい音色に促《うなが》されるようにして口を開いた。

「流生…」

彼を呼ぶと、電話の向こう側で、ほんの少しだけ息を詰《つ》めたような沈黙《ちんもく》が流れた。

『――操。どうした』

「いや…。今、大丈夫《だいじょうぶ》？」

『ああ。ちょうど客足が途切《とぎ》れたところだから。……何か、お前と話すの久しぶりだな』

「そう、かな。何日も経《た》ってないけど――」

震《ふる》えそうになる声をどうにか堪《こら》える。十年以上も流生といて、こんなことは初めてだった。普通《ふつう》に話せばいいのに、胸が変な風に鳴ってうまくいかない。ただ声が聞きたかった、なんて言い訳は、言い訳にもならない。

流生が好き――その想いだけで、こうも身動きが取れなくなる。自分はこんなに不器用な人間だったろうか。

『今どこだ。自分の部屋にいるのか？』

「…うん」

『もうこんな時間だから、呼び出しても今日は無理か。いい酒が入ったんだが』

「どういうやつ…？」

『シリア産のアラック。目ざとい客がもう何本か空けていった』

どこの国の何というボトルか、流生が詳《くわ》しく説明してくれる。小さく相槌《あいづち》を打っているうちに、だんだん彼の声が遠くなっていった。

流生は愛美が店に来たことを言ってくれない。自分には教える必要がないと思っているんだろうか。——彼が自分に秘密を持っている。小さな棘《とげ》が刺さったように、体の芯《しん》が軋《きし》んで痛い。

『うちでは東南アジア産のアラックが主流だったからな。支持層の広い蒸留酒だから、今後も仕入れルートを探《さぐ》ってみようと思ってる』

「……」

『おい操、聞いてるのか？　反応が鈍《にぶ》いぞ』

もどかしい。こんな話をしたい訳じゃないんだ。バーのマスターと常連の会話をしたい訳じゃない。

「あの…、流生。この間は、お前を叩《たた》いてごめん」

『え？——随分《ずいぶん》しおらしいことを言うんだな』

酒の話題を唐突《とうとつ》に切った自分に、流生は小さく笑って、気にするな、と言った。

『俺もお前をムカつかせたみたいだし。別にいい』

「腫《は》れたり、しなかったか」

『そんなヤワじゃねぇよ。お前の手の方が心配だ。ケンカ慣れしてないくせに、もう似合わないことはするなよ』

——こんな話をしたい訳でもない。何もかも理解し合えた、十年来の腐《くさ》れ縁《えん》の会話をしたい訳じゃない。

「流生……」

じゃあどんな会話がしたいんだ、と自問しても、彼の名前を呼んだだけで、自分の唇《くちびる》は閉じてしまった。

胸がいっぱいで声にならないなんて。まるで初めて恋《こい》を知った中学の頃みたいだ。自分の体の中で流生の形をした風船が膨《ふく》らんでいくような、弾《はじ》けるのが怖《こわ》い、そんな気持ち。

『操？』

「──」

『具合でも悪いのか。少し変だぞ、お前』

お前のせいで変になっているんだ。喉のところまで出て来たその言葉を、ぐっと唾《つば》と一緒《いっしょ》に飲み込む。

流生が好きだ──。

電話の向こうに彼がいる。親友の頃なら気に留めもしなかった流生の吐息《といき》や声に、こんなにも立ち竦《すく》まされている自分がいる。

「流生」

俺もお前のことが好きなんだと、そう彼に告げたら、宙ぶらりんになってしまった自分たちの関係は変わるだろうか。

親友でいた十年より、今の一秒の方が自分には重たい。でも、何時間か前に見た、流生と愛美の残像に阻《はば》まれて、唇が鉛《なまり》にでもなったように動かない。自分の言葉を待っているのか、流生はずっと黙《だま》ったままだった。

あの子のことをどう思っている？　俺を好きだと言ったのは嘘《うそ》か？

彼に言いたいことはたくさん溢《あふ》れてくるのに声にならない。すると、自分の耳元で、ざわざわと人がやって来る気配がした。いらっしゃいませ、という流生のいつもの声が聞こえて、張り詰めていた自分の心を緩《ゆる》ませる。

「……混《こ》んできたみたいだから、切るよ」

『あっ、おい、操』

「仕事中にごめん。――またな」

自分の気持ちを何ひとつ告げられないまま、逃《に》げるように通話を切った。

恋をした途端《とたん》に流生のことが遠くなった気がする。フリップを閉じた電話をソファに放《ほう》り投げて、濡れて冷え切っていた髪《かみ》をタオルに包んだ。

十年前の自分たちには戻《もど》れない。流生に好きだと告げる勇気もない。

失いたくない、と、心からそう思った人は彼の他《ほか》にいなかった。――恋がこんなにくるおしいものなら、もう人を好きになるのはこれで最後にしたい。

始業から終業まで、自分はタイトに一日のスケジュールを組むようになった。仕事のことしか考えない状況《じょうきょう》に追い込めば、他のことに気を取られている暇《ひま》はなくなるだろうという、単純な思い付きだ。

「会社にいる時くらい、あいつのことは忘れていないと――」

パンク寸前の頭をエレベーターの壁《かべ》に預けて、会議室のあるフロアから数階下る。こんな何もしていない時間が一番危ない。流生はすぐに自分の心に入り込んできて、頭の中を彼一色にさせる。

営業部のオフィスに戻ると、一番奥のデスクで上司が難しい顔をしていた。手元のインターフォンを見詰《みつ》めている辺り、辻本建設から早く連絡《れんらく》が来ないかとじれているようだ。大きな契《けい》約《やく》は会社として喉から手が出るほど欲しい。それは自分もよく分かっている。

「――部長、先程《さきほど》の会議のまとめです」

「ん、ああ。……来期の営業計画か。確認《かくにん》しておく。それより辻本建設からは、返事があったか？」

「まだです」

「この時期になっても先方の反応がないとなると、これは駄目《だめ》かもしれんな」

そう言うと、上司は溜息《ためいき》をついて、もう一度インターフォンを見やった。ちり、と胃が焼けるような気がして、一礼して彼のそばを離《はな》れる。

自分たちは万全《ばんぜん》の態勢で商談に臨《のぞ》んだ。駄目ならそれは実力不足だったんだろう。でも、辻本さんの動向が気にかかる。

自分が辻本さんとの間でトラブルを抱《かか》えていることを、上司は知らない。もしトラブルのせいで契約が滞《とどこお》っているのなら、職場の仲間に何と説明したらいいのか分からない。

自分のデスクに戻って腕《うで》時計を見ると、もう昼休憩《きゅうけい》の時刻だった。相変わらず食欲《しょくよく》は乏《とぼ》しいけれど、午後は外回りの仕事が詰まっている。少しでも食べておこうと、財布《さいふ》と携帯電話《けいたいでんわ》だけを持ってオフィスを出た。

「……近くのコンビニでいいか」

エレベーターホールへ向かっていると、フロアの角を曲がったところで、スラックスのポケットに入れていた電話が鳴った。ちょうど他の社員たちとの擦《す》れ違《ちが》いざまで、ぶつからないように避《よ》けながら、慌《あわ》てて電話を耳に押し当てる。

「はい、伊澤です」

『……やあ。僕の声が分かりますか』

低く弄《なぶ》るようなその声に、びくん、と自分の肩《かた》が震《ふる》えた。

「辻本さん――」

思わず通話を切ってしまいたくなる。でも、そうすることは出来ずに電話を握《にぎ》り締《し》めた。

「お世話になっております」

『こちらこそ。今、時間はありますか？』

「……はい」

ついに見積もりの結果が出るのかもしれない。彼とのトラブルよりも、仕事の方に集中したかった。フロアに並ぶ資料室のドアをひとつ開けて、無人の室内へと体を滑《すべ》り込ませる。

エアコンの点《つ》いていないその部屋は寒かった。でも、肌《はだ》を刺《さ》すような異様な冷気は、きっと室温のせいじゃない。不気味な緊張《きんちょう》が体じゅうを覆《おお》って、呼吸の間隔《かんかく》を短くさせる。

『久しぶりですね、操さんと話をするのは。あれから、どうですか。シオンの方へは顔を出されましたか？』

「いえ。あまり足を運んでおりません」

『それは残念だ。マスターが何か、君を問い詰《つ》めでもしたのかな』

「――辻本さん、そういったお話でしたら、別の機会にお願いいたします。先日御社《おんしゃ》へお伺《うかが》いした件で、お尋《たず》ねしてもよろしいでしょうか」

彼にセクハラされたことを、今は問い詰めるべきじゃない。極力思い出したくない出来事だし、これ以上トラブルを大きくするのも避けたい。

必死で冷静になろうとしている自分に、辻本さんは余裕《よゆう》のある声で言う。

『仕事の話ですか。……これはプライベートな電話のつもりだったのに』

「申し訳ありませんが、弊社《へいしゃ》が提出させていただきましたお見積もりに、お返事をいただけますか。まだこちらに正式なご回答が届いておらず、少々困惑《こんわく》しております」

『そう急がなくても、近日中に回答はお出ししますよ』

「それは――かしこまりました。では、ご連絡をお待ちしております。よろしくお願いいたします」

用件が済んだらすぐに電話を切ってしまおう。そう思っていた自分の耳元で、辻本さんが、くす、と笑う。

『今回の案件は、重役会で揉《も》めていましてね。操さんの提示した条件はたいへん魅力《みりょく》的でしたが、他の一社もそれと同等の見積もりを出しています。最終的な決裁権を持つ僕としては、どちらも甲乙《こうおつ》つけがたい』

「…ありがとうございます。弊社のお見積もりをご選択《せんたく》いただければ、幸いに思います」

『操さん。――僕が君の会社を選ぶかどうかは、君の態度次第《しだい》にしようかと思っているんですよ』

「えっ。それはいったい、どういうことでしょうか?」

『分かりませんか？　弊社としては、別にどちらを選んでも構わない。でも、君がもし僕の機《き》嫌《げん》を損《そこ》ねたら、今ここで商談は終了《しゅうりょう》することになる』

「――辻本さん、まさか、あなたは…っ」

『やっと気付きましたか。自分の置かれた立場を』

粘《ねば》つくような、とても黒々としたものが電話口から伝わってくる。

セクハラをした挙げ句、今度は商談相手という立場を利用してパワハラをするなんて。毅然《きぜん》とした態度を取らなければ際限なくつけ込まれてしまう。

「我々は御社に、誠意を以《もっ》て商談をさせていただきました。理不尽《りふじん》な対応をされる謂《いわ》れはありません」

『ええ、よく分かっていますよ。ただ……僕としてはこれは、重要なカードなのでね。おいそれとサインをする訳にはいかない』

「重要な――カード？」

『……そうです。操さん、君を手に入れるためのね』

電話を取り落としそうになって、震え始めた両手でそれを握り締めた。

『この間の続きをしませんか』

「な、何をおっしゃっているんですか」

『言葉通りの意味ですよ。僕は君が欲しい』

流生の店で、セクハラをしてきた時と同じ口調だ。ねっとりとしていて、聞いているだけで不快感が増す。

『――逆らったら御社のためになりませんよ』

してている。

「なっ……！」

『契約を取りたくないんですか？　操さん』

——何て汚《きたな》い。簡単には答えられない要求を突《つ》き付けて、彼は優位な立場から自分を見下ろしている。

「どうしてそんな…、卑怯《ひきよう》なことを…っ」

戸惑《とまど》いと、弱みを見せられない難しさで声が震えた。しっかりしろ、と自分に言い聞かせようとしても、汚い取引を突き付けられたショックで、頭がうまく回らない。

『……君が僕の誘《さそ》いを断ったりするからです』

「え——」

『幼い頃《ころ》から僕は、自分が望むものは何でも手に入れてきました。人でも、物でも、それが恵《めぐ》まれた人間の当然の権利だと思っていたんです。…でも、操さんは違った。今まで誘った相手は、みんな喜んで僕のものになったのに。君にふられて僕のプライドは大きく傷付きました。是《ぜ》が非でも君を手に入れないと、こちらの気が済まないんですよ』

そんな自分勝手な理由で人を欲しがるなんて。なんて狭量《きようりよう》な男なんだろう。

「今はビジネスの場です。ご冗談《じようだん》はおやめください…っ」

『利益を得たいなら、相応の何かを提供しなければならない。君はこの僕に一度恥《はじ》をかかせています。二度目はもうありません』

彼の言いなりになんかなりたくない。でも、もしここで自分が拒否《きょひ》すれば、会社はとんでもない痛手を受けることになる。社員として今まで地道に仕事をしてきた自分にとって、大きな契約《けいやく》相手の要求を撥《は》ね付けるのは、とてもリスクが高かった。

「辻本さん、冷静に考えてください。こんなことが周囲に知れたら、あなたの立場が悪くなります」

『騒《さわ》ぎ立てて損をするのはそちらでしょう。僕が今回の契約の責任者である限りは、十分有効なカードだ。……その証拠《しょうこ》に、君はひどく動揺《どうよう》している』

「そ、それは……っ」

『簡単な取引ですよ、操さん。君が僕のものになればいい。それで全《すべ》てはうまくいく』

都合のいいその言葉を否定したくて、何度も何度も首を横に振《ふ》った。

どうしたらいいんだろう。この商談が失敗に終わったら、それは自分のせいだ。大口契約をみすみす逃《のが》した責任を負って、会社を辞《や》めることになるかもしれない。

「自分を取引の材料になんて、したくないです――」

一生懸命《いっしょうけんめい》に仕事を覚えて、上司にも同僚《どうりょう》にも認めてもらって、今まで大切にしてきた会社だ。それを失うなんて考えたくもない。

でも、卑怯な人の言いなりになって、たとえ商談が成功したとしても、これから先の発展や、未来はあるんだろうか。一人のビジネスマンとして納得《なっとく》のいく仕事が出来るんだろうか。自分にはとてもそうは思えなかった。

「辻本さん。あなたのような人とは、実りのあるビジネスが出来そうにありません。あなたの要求を拒否します」

『僕のものにはなりたくないと？』

「はい。契約を取れなくても、あなたの言いなりにはなりません」

覚悟《かくご》を決めてそう言い切った。今まで自分が培《つちか》ってきたものを失っても、後悔《こうかい》はしない。

すると、辻本さんは一瞬《いっしゅん》だけ黙《だま》っていたが、ゆっくりと地を這《は》うような声でまた話し出した。

『……ほう、潔《いさぎよ》い選択ですね』

でも、と彼の呟《つぶや》きが耳元で続く。今度は感情を消したような冷たいトーンだった。

『ますます君が欲しくなった。次の手を考えなければ』

彼の執拗《しつよう》さに心底ぞっとする。蛇《へび》に絡《から》み付かれた兎《うさぎ》のように、じわじわと首を絞《し》められている気がした。

「もうやめてください。辻本さん。何を言われても、自分はあなたのものには――」

『「シオン」』

「……え？」

どくんっ、と心臓が潰《つぶ》れたような音を立てる。どうして今、ここで、流生の店の名前が出るんだ。

『君が言うことを聞かないと、シオンが潰れることになりますよ』

「な、何ですか、それはっ」

『あの店がある一帯は、全て辻本建設の不動産なんです。ビルのテナントをひとつ立ち退《の》かせるくらい、地権者の意思でどうにでもなる』

「辻本さん！」

どこまで汚い人なんだろう。自身の欲求《よっきゅう》を満たすために、流生まで取引に使うなんて。

悔《くや》しくて、悔しくて、コンクリートの壁《かべ》を拳《こぶし》で殴《なぐ》った。痛みは何も感じない。怒《いか》りで沸騰《ふっとう》しそうな自分に、彼は追い討《う》ちをかけるように言う。

『君のせいで、あのマスターに迷惑《めいわく》がかかる。——長い友情も終わってしまいますね』

「いい加減に…してください…っ」

『おや、さっきの威勢《いせい》が見る影《かげ》もない。契約や会社より、マスターの方が大事ですか。妬《や》けますね』

「お願いです——。彼を巻き込まないでください」

弱々しい声で抗《あらが》っても、辻本さんを喜ばせるだけだった。無関係なトラブルに流生を巻き込みたくない。これは自分の問題だから。

シオンがなくなったら流生はどんなに悲しむだろう。あの店を奪《うば》われるのは、彼と過ごした時間まで奪われるのと同じことだ。

今まで自分は、流生に何度も助けられてきた。歴代彼女にふられた時も、この間の商談の時も、いつも流生はそばにいて支えてくれた。そんな彼が傷付けられるくらいなら、自分はどうなっても構わないから、彼のことだけは守りたい——。

『さあ、操さん。君の答えを聞きましょうか』

一番大事なものを守れなくて、何が男だ。流生は自分が守る。汚い取引に落ちたとしても、流生が無事ならそれでいい。

「……あなたに従ったら、彼に手を出すのはやめてくれますか」

『ええ。約束します』

ぶるっ、と一度体を震《ふる》わせて、悔しさと恐怖心《きょうふしん》を封《ふう》じ込める。

「分かりました。あなたが望む通りにします」

会社を辞める覚悟とは全く違《ちが》う。体の半分をもぎ取られるような選択《せんたく》をした自分に、辻本さんは残酷《ざんこく》な声で囁《ささや》いた。

『今から言う場所へ、今夜来てください。——逃《に》げたりしたら、分かっていますね?』

地下鉄を降りたら、そこは夜の街だった。溶《と》けた雪が道路を凍《い》て付かせて、革靴《かわぐつ》の底から冷気を立ち上らせている。

擦《す》れ違う人々は誰《だれ》もが楽しそうなのに、この六本木の街で一人、自分だけが足取りを重たくしていた。昼間、辻本さんに指定された場所はここじゃない。待ち合わせの場所にまっすぐに向かわなかったのは、度胸の足りない自分への、せめてもの励《はげ》ましのつもりだった。

辻本さんが今夜、自分に何をするつもりか想像もしたくないが、一度彼とは会っておかなければいけない。話し合う余地がもしあるのなら、辻本さんを説得したい。

とぼとぼと歩いていると、普段《ふだん》と変わらない風景の中に、明かりの点《とも》ったシオンの看板が見えてくる。とくん、と胸が鳴ったのは後ろめたさだろう。辻本さんの呼び出しに応じたことを、流生に知られたくなかった。

「――お前はもう、俺が何をしようが関係ないって言うかもしれないけど」

シオンの看板を見上げながら、今にも雪が降ってきそうな夜空に向かって、独り言を呟く。

すると、心細さが増してきて、後悔して唇《くちびる》を噤《つぐ》んだ。

よく考えてみると、自分はこれまで困ったことがあると、何でも流生に相談してきた。はっきりとした答えはくれなくても、彼に話を聞いてもらうと、不思議と自分は冷静になれて、困難に対処することが出来た。

今になってそのことに気付いて、ふと、歩いていた速度を緩《ゆる》める。自分はもうずっと前から、流生に頼《たよ》ってばかりいた。

「やっぱり……会えない」

シオンの指定席に座って、何食わぬ顔で一杯《いっぱい》飲んで、黙って出て行く。そんな度胸が自分にあったなら、こんな風に雑踏《ざっとう》に埋《う》もれて躊躇《ちゅうちょ》していない。

人に押し流されるように歩道の端《はし》へ寄り、迷っている自分を断《た》ち切ってしまおうと、通りを進んでくるタクシーを停《と》めた。肩《かた》の高さに上げた自分の右手が重たい。歩道に沿ってブレーキを踏《ふ》んだ一台が、静かにドアを開ける。

「すいません。——西麻布《にしあざぶ》までお願いします」

シートに腰掛《こしか》けながら、何気なくウィンドウの外を見た。

相変わらずの人混《ひとご》み。夜の六本木の喧騒《けんそう》。すると、行き交《か》う人々の向こうに、よく目立つ長身の男を見付けた。

「……流生……？」

発車しかけた運転手に、思わず、待って、と言ってしまう。思いがけない偶然《ぐうぜん》に、流生の姿から目を離《はな》せなくなった。

背筋の伸《の》びた堂々としたシルエット。黒いスラックスの長い脚《あし》。シオンの看板の下で、流生は常連の和服のお爺《じい》さんを見送り、そして携帯電話《けいたいでんわ》を取り出した。

彼がボタンを押し終えると、その途端《とたん》に自分の携帯電話が鳴りだす。

「あ…っ」

電話に伸ばした手を止めて、今更《いまさら》彼と何を話すんだろう、と思い留《とど》まった。――そんなことをしても、きっと自分の決心が鈍《にぶ》るだけだ。

声を聞いたら、流生に甘えてしまう。これから向かう取引なんてどうでもよくなって、彼に何もかも打ち明けて、結局は取り返しのつかない事態に陥《おちい》るだろう。流生をトラブルに巻き込みたくなくて、一人で辻本さんと取引をしようと決めたんじゃないか。

流生に甘えるだけの、弱い自分を変えたい。こんなに好きになった人は、流生の他《ほか》にいないから、彼のために出来ること、ただそれだけを考えたい。

「すいません。行ってください」

運転手にそう告げて、流生を振《ふ》り切るように携帯電話の電源を落とす。これでもう、覚悟ははっきりと決まった。

流生がいつもしてくれたように、彼を支えられる存在になる。そんな自分の姿を考えただけで、胸の奥の方が熱くなって、体じゅうに力が満ちてきた。

「流生にも、シオンにも、絶対に手出しはさせない」

――大丈夫《だいじょうぶ》。流生が励ましてくれた時と、同じ言葉を自分に言い聞かせて、電話を握《にぎ》る手に力を込める。もう一度それをポケットの中に突《つ》っ込み、目的地に着くまで、シートに深く沈《しず》んで自分の心臓の音を聞いていた。

二十二時、西麻布、クラブ『クアトロ』。

まるで死刑《しけい》宣告にも似たメモを握り締《し》めて、辻本さんから指定された場所にやって来た。六本木から一人でタクシーに揺《ゆ》られている間、ずっと握っていた手は真っ白になっている。

これが本当に正しいやり方なのか、悩《なや》むだけ悩んだ。でも、どれだけ悩んでも答えはひとつしかない。流生を守るための選択肢《せんたくし》は、元々これしかなかったんだから。

「……ここだな」

理不尽《りふじん》な取引を強《し》いた辻本さんは、このクアトロで待っていると言った。シオンのある六本木に程近《ほどちか》い店だが、来るのは初めてだ。

黒いスチール製の全く装飾《そうしょく》がないドアに、店名を彫《ほ》った小さなプレートがついている。深呼吸をして重たそうなそれを開けると、中にはいかつい黒服の男が立っていて、自分の方をじろりと睨《にら》んだ。

「失礼ですが、当店は会員様のみのご利用となっております」

「——人と約束をしてます。伊澤と言いますが」

「お待ち合わせの方のお名前は？」

「辻本真一郎さんです…」

それを聞いた男は大柄《おおがら》な体の上の頭《こうべ》を垂れて、自分に道を空けた。

「辻本様は先程から中でお待ちです。――奥へどうぞ」

店内を進んでいくごとに、どくどくと鳴る心音も緊張《きんちょう》を帯びてペースを上げていく。フロアの中央にあるボックス席は何組か客がいるだけで、さほど混んではいない。

途中《とちゅう》、何人かの客と擦れ違ったが、周りに気を配る余裕《よゆう》がなかった。だんだんと気が重たくなっていく自分のそばで、聞き覚えのある声がする。

「あれ？　伊澤？」

フロアとは装飾の違う、個室の並んだ瀟洒《しょうしゃ》なエリアの入り口で、思いもよらない人間と遭遇《そうぐう》した。黒服の男が、金髪《きんぱつ》の彼へと向かって小さく会釈《えしゃく》している。

「――立花…」

「珍《めずら》しいところで会うな」

「…お前こそどうしてここにいる？」

「俺か？　俺は……」

説明しかけた立花は、人の悪そうな笑《え》みを消して、慇懃《いんぎん》無礼に頭を下げた。

「本日はご来店誠《まこと》にありがとうございます、お客様」

「ここ……お前の店なのか？」

「ああ。経営してるうちの一軒《いっけん》なんだけど、たまたまチェックで立ち寄ったんだよ。流生も一緒《いっしょ》なのか？」

「あ――、いや、違うんだ」

「え?」

「……今夜は知人に呼び出されて、その……」

言葉を濁《にご》した自分を、立花は探《さぐ》るように見詰《みつ》めている。こんなところで彼に会うなんて、タイミングが悪い。

「立花、ごめん。約束の時間が……また今度な。すいません、案内をお願いします」

「はい。こちらでございます」

さっきの黒服の男をせかすようにして、早々に立花のもとを離れる。通路の後ろで、伊澤、と呼び止められたけれど、彼の方を振り返らなかった。

「――辻本様、お連れ様がいらっしゃいました」

黒服の男は、通路の一番奥にあった、VIPルームと思《おぼ》しき一室のドアをノックした。ここまで来たら、もう後には引けない。左胸の上を手で押さえながら、息を整えて男が開けたドアをくぐる。

室内では、辻本さんが一人、静かにグラスを傾《かたむ》けていた。彼を含《ふく》めた部屋の四方を見てうんざりする。

窓がひとつもない。高級感溢《あふ》れる家具がセンスよく並んでいるが、時間の経過を感じさせないような閉鎖《へいさ》された空間で、逃げ道は全くなかった。不安《ふあん》に駆《か》られて後ろを振り向くと、既《すで》に黒服の男の姿はなくて、ドアは固く閉《と》ざされている。

「……」

ソファに腰掛けていた辻本さんは、自分を見ると少しだけ微笑《ほほえ》んで、スラックスの脚を優雅《ゆうが》に組み替《か》えた。

「約束の時間にぴったりですね。操さん」

クラゲのアクアリウムの青白い光に照らされながら、彼がゆったりと自分を見詰める。高い鼻梁《びりょう》や頬骨《ほおぼね》が顔に影《かげ》を作っていて、どこか不気味だった。

「シオンとは趣《おもむ》きが違《ちが》いますが、いい店でしょう。ここの雰囲気《ふんいき》が好きで、シオンとともによく通っているんです」

「……そうですか」

よりによって、立花の店じゃなくてもいいじゃないか。そう思うと、室内に漂《ただよ》う空気まで不《ふ》穏《おん》さを増した気がして、ぞくりと背筋が寒くなった。

「そんなところに立っていないで、僕の隣《となり》へ。水割りでも作ってもらえますか」

「はい――」

張り詰《つ》めたような空気の中で、水槽《すいそう》に酸素を送り込むポンプの音が聞こえる。ＢＧＭは低く抑《おさ》えられていて、重低音がかえって心臓を刺激《しげき》した。

辻本さんの傍《かたわ》らに座り、彼の視線を受け止めながらグラスへ氷を入れる。トングを持つ手が否応《いやおう》なしに震《ふる》えた。

「君も飲みますか？」

　とてもそんな気分にはなれない。いらない、と首を振ると、いきなり顎《あご》を指で捕《と》らえられて、彼の方を向かされた。

「素面《しらふ》でいられるのかな。酔《よ》った方が楽しいかもしれませんよ」

「いえ…、結構、です」

　長い親指が下唇《したくちびる》をいたずらに撫《な》でる。触《さわ》られたくない。思わずその気持ちが顔に出て、辻本さんの苦笑《くしょう》を誘《さそ》った。

「そう毛嫌《けぎら》いしないでください。君がやっと手に入りそうで、僕は機嫌《きげん》がいいんだ」

「……やっと、って…」

「初めてシオンで見た時から、君に目を付けていたんです。でも、マスターのガードが堅《かた》くて手を出せなかった」

「え――」

「ふふ。いつもカウンターの隅《すみ》の席に匿《かくま》って、彼は他《ほか》の客から操さんを遠ざけていた。常連の中には僕のように、君に色目を使っている者もいたんですよ。気が付きませんでしたか？」

　心臓が、さっきまでとは違うリズムを刻んでいる。店の明かりも満足に射《さ》さない、シオンの薄暗《うすぐら》い指定席。タダ酒同然のお前はここで十分だ、と、流生が勝手に押し付けたあの席に、そんな意味があったなんて知らなかった。

覚悟《かくご》を決めてここへ来たのに、心の中の一番弱い部分を突き動かされる。流生はいつも自分のことを見ていて、そして守ってくれた。でも、彼に焦《こ》がれてしまったら、ここで辻本さんと二人きりでいることが怖《こわ》くてたまらなくなる。

「操さん」

辻本さんは水割りのグラスを持って、硬直《こうちょく》している自分の口元へと差し向けてきた。

「飲みなさい」

有無《うむ》を言わせない彼の態度に、恐《おそ》る恐るグラスへ唇《くちびる》をつける。そのまま中身を流し込まれて、喉《のど》が焼けるように熱くなった。

激しく噎《む》せて、丸めた背中に彼の手が置かれる。つ、と指先が背骨に沿って這《は》い上がってきて、屈辱《くつじょく》感に苛《さいな》まされている間に、ネクタイを引き抜《ぬ》かれた。

「……この間は途中で邪魔《じゃま》が入ってしまった。今夜は放さない」

こんな場所で、服を脱《ぬ》がそうとするなんて。せめてもの抵抗《ていこう》に体を捩《よじ》ってみても、彼の蛇《へび》のような二本の腕《うで》に捕らえられて、ますます拘束《こうそく》はきつくなる。

「やめてください…っ」

「僕のものになるんじゃなかったのかな？」

かり、と歯を立てられた耳朶《みみたぶ》から、鈍《にぶ》い痛みが広がった。

耐《た》えなければいけない。我慢《がまん》しなければいけないのに、怯《おび》えた体は無意識のうちにソファを這いずって逃《に》げようとする。

「逃げる場所はありませんよ。──声を上げても、外へは一切《いっさい》聞こえない。店員も助けには来ない。ここは、そういう部屋だからね」

静かに言うと、辻本さんはテーブルの上にネクタイを放《ほう》り、ソファに自分を仰向《あおむ》けにした。

初めて言葉を交《か》わした時は、辻本さんのことを紳士《しんし》的な人だと思ったのに。人を見る目が足りない自分の上で、彼は冷然と眼鏡《めがね》を外した。

「…辻本さん…。本当に、あなたに従えば流生を救えるんですか？」

「僕は約束は守る。──シオンの存続も、会社の契約《けいやく》も、操さんの心がけ次第《しだい》だ」

「っ…」

今は彼の言葉を信じるしかない。

唇を噛《か》み締《し》め、意識を他のところへ飛ばそうとした自分に、裸《はだか》にされていく衣擦《きぬず》れの音が聞こえてくる。

ボタンを外すゆっくりとした指が怖かった。ベルトを緩《ゆる》める金属の音も。シャツの胸元《むなもと》に入ってきた手が、容赦《ようしゃ》なくそこを撫でさすって鳥肌《とりはだ》を立てさせる。

嫌《いや》だ。嫌だ。気持ちが悪い。乳首《ちくび》を引っ掻《か》く爪《つめ》の先が、針のように尖《とが》って痛い。

「う…っ、く」

「声を聞かせて欲しいな」

「ん…う…っ」

「ギャラリーがいないと燃えない？」

ふ、と微笑んだ彼の唇が近付いてくる。キスをされたくなくて暴れる両手を、荒々《あらあら》しく摑《つか》まれて頭の上で纏《まと》められた。

「見られるのが好きですか？　操さんも素《す》敵《てき》な趣味《しゅみ》をお持ちですね」

スラックスの腿《もも》を、辻本さんの硬《かた》い膝《ひざ》が撫で上げる。彼のそれが股間《こかん》へと目指してくるのを、絶望的な思いで感じた。

「やめ――」

「やめませんよ。……何なら彼をここへ呼びましょうか」

どきりとして、頭上にある辻本さんの顔を仰《あお》ぎ見た。

「彼――？」

「シオンのマスターですよ。操さん」

底意地の悪い笑《え》みが視界いっぱいに広がる。嘘《うそ》だ。どうしてそんなことを。流生を巻き込みたくなくて、一人で解決しようと覚悟を決めて来たのに。

辻本さんはわざわざ流生をここへ来させて、彼の目の前で自分を抱《だ》こうとしている。

「何故《なぜ》です…っ、流生には何もしないって約束じゃないですか！」

「マスターも僕のプライドを傷付けた一人だ。彼に、君が誰《だれ》のものかはっきりと分からせてあげようと思って」

「辻本さん――！」

「彼の前で君を泣かせてみたい。僕に身も心も預けてください」

可愛《かわい》がってあげますよ、と耳の奥へと吹《ふ》き込むように囁《ささや》かれる。男一人の重みに潰《つぶ》されそうになりながら、声にならない声で流生を呼んだ。

――流生。流生。流生。

「や…っ！」

足を開かせる手の力も、のしかかってくる乱暴さも、流生が自分にしたことと変わらないのに。同じことを流生にされても、こんな嫌悪感《けんおかん》は覚えなかった。最後には自分の方から彼を抱き返して、恥《は》ずかしいくらい乱れていた。

今自分に触《ふ》れている指が、唇が、流生のものならいいのに。彼だけだ。自分の全《すべ》てを預けても構わないのは。流生のことだけが――好きだから。

「マスターがどんな顔をして現れるか、見ものですね。いつも澄《す》ましているけれど、彼はきっと血相を変えて来ますよ。君のために」

携帯電話《けいたいでんわ》を目の前でちらつかされて、体内に広がる悪寒《おかん》にぎゅっと瞼《まぶた》を閉じる。真っ暗なそこに浮《う》かんでくる流生の姿が、とても遠くて、思わず自暴自棄《じぼうじき》な考えに囚《とら》われた。

「……あいつは……ここには来ませんよ……」

手を伸《の》ばしても、自分のそれは流生には届かない。

ガラスが床《ゆか》に落ちて砕《くだ》けるように、自分の中の流生が粉々になる。

「俺たちは、もう、親友でも、何でもないから」

流生は呼び出しには応じないだろう。初めて彼に抱かれた夜から、自分たちの関係は変わってしまった。そう思ったら、鼻の奥がつんとして瞼が震《ふる》えだした。

親友に戻《もど》れないのなら、もっと早く、素直になればよかった。流生に自分の気持ちを伝えておけばよかった。

タクシーの車窓越《ご》しに見た彼。せっかく電話をかけてきてくれたのに。どうして自分は、それを受け取らなかったんだろう。

「やだ…、嫌——」

辻本さんに触れられるたび、自分が汚《よご》されていくような気がした。卑怯《ひきょう》な相手だと分かって取引に乗った自分への罰《ばつ》だ。逃げる術《すべ》もその権利もない。

今、この瞬間《しゅんかん》だけ我慢すればいいんだ。この悪夢みたいな時間が終われば、きっと忘れられる。辻本さんにどんなことをされても、傷なんか付かない。

「流生…っ」

取引さえうまくいけば流生とあの店を守れる。自分が選んだことだから、と何度言い訳をしても、辻本さんを拒《こば》んで体はどんどん凍《こご》えていった。石になったように動かない手足を投げ出して、心だけはずっと抗《あらが》い続ける。

「流生――！」

喉を振《ふ》り絞《しぼ》るように放った声が、暗澹《あんたん》とした室内を震わせて、高い天井《てんじょう》へと吸い込まれていく。その瞬間、微《かす》かに残った自分の声の余韻《よいん》に轟音《ごうおん》が重なった。

外側からドアが開き、大きな黒い塊《かたまり》がもんどり打って室内に雪崩《なだ》れ込んでくる。それが黒服の男だと気付く前に、彼は床の上をごろごろと転がって、腹部を手でかばいながら悲鳴を上げた。

「ぼ、暴力はおやめくださいっ、お客様っ！」

げほっ、とつらそうに咳《せ》き込んだ彼を、通路から伸びてきた影《かげ》が覆《おお》う。次第にその影は大きくなって、男の表情は蒼白《そうはく》になった。

「おーい、手荒《てあら》なことすんなよ。うちの大事な従業員に」

ドアの外から立花が姿を見せる。服を半分脱がされていた自分を見ると、彼は、あーあ、という顔で苦笑《くしょう》した。

「――どけ。あいつはここか」

立花の後ろから、底冷えのするような声が聞こえる。はっとしてその方を見上げた。

誰かがゆっくりと部屋の中へと踏《ふ》み込んで来る。ソファに縫《ぬ》い止められたままの自分を見付けて、彼は叫《さけ》ぶように言った。

「操！」

「……流生…っ？」

「何をやってんだ、お前は！」

語気を荒くした流生が、蹲《うずくま》った黒服の男の向こうに立っている。その光景がすぐには信じられなくて、彼を見詰《みつ》めて両目を凝《こ》らした。

コートの下の白いシャツ。タクシーの中で見た時と同じ格好。ほんの一時間ほど前のことなのに、流生の姿がとても懐《なつ》かしいものに見える。

「辻本さん、そいつを返してもらいますよ。──操、俺と来い」

「流生、でも」

これは取引なんだ、と言いかけて、流生の怒声《どせい》に遮《さえぎ》られた。

「いいから来い！　俺をキレさせたいのか！」

本気で怒《おこ》る流生の顔は、中学の頃《ころ》と少しも変わっていなかった。精悍《せいかん》な頬《ほお》を鋭《するど》く尖らせて、彼は愚《おろ》かなことをした自分のために怒っている。

「流生…っ」

嬉《うれ》しくて、また泣きそうになって、懸命《けんめい》に涙《なみだ》を堪《こら》えた。弾《はじ》かれるようにソファを飛び降りた自分を、辻本さんの腕《うで》が後ろから阻《はば》む。

「――行かせませんよ、操さん」

「は…放してください…っ！」

「マスター、操さんは自分から僕の胸に飛び込んで来たんです。これから恋人《こいびと》になろうという時に、無粋《ぶすい》な真似《まね》はしないでいただきたい」

まるで所有を示すように、長い指が自分の髪《かみ》を摑む。

視界の中の流生がぐらりと歪《ゆが》んで、翼《つばさ》のように翻《ひるがえ》ったコートの残像とともに、彼の腕に捕《つか》まえられた。

「――俺の操に触《さわ》るな」

低い声に意識ごと攫《さら》われて、強く引き寄せられたかと思うと、次の瞬間には流生の胸に深く抱かれていた。

彼の体温に包まれて耳を澄ます。もう一回、今の言葉を言って欲しい。俺の操。流生は確かにそう言った。

「操さん。僕との取引を反故《ほご》にするつもりですか？」

「……っ」

脅《おど》しをかけられて、流生の胸元《むなもと》で歯嚙《はが》みする。けして取引を忘れた訳じゃない。

答えようがなくて黙《だま》ったままの自分を、流生はさらに強く抱《だ》き寄せた。

「辻本さん。どんな取引をしたか知らないが、こいつは応じませんよ」

　きっ、と正面を睨《にら》み付けた流生の瞳《ひとみ》を、自分も震えながら追う。ソファの上の辻本さんは、眼鏡《めがね》をかけ直しながら悠然《ゆうぜん》と脚《あし》を組んだ。

「……なるほど。シオンが潰れてもいいということですか」

「シオン？　俺の店を楯《たて》に取ったのか、あんた」

「――気に入っていた店ですが、残念だ。マスター、近日中にあのビルから立ち退《の》いてもらいますよ」

「ま、待ってください…っ！」

　それだけはやめてくれ、と言おうとしたのに、頭を後ろへ捩《ね》じ向けられて止められる。

「――操」

　自分の瞳を見詰める、逸《そ》らすことのない流生の眼差《まなざ》しに射竦《いすく》められた。体じゅうが痺《しび》れたようになって、それ以上動くことさえ出来なくなる。

「…流生…」

「お前は何も考えなくていい。黙って俺のそばにいろ」

　囁《ささや》く流生の声しか聞こえない。自分の中で、彼の存在だけが全《すべ》てになる。

　一瞬《いっしゅん》遠くなった意識の端《はし》で、自分の気持ちにやっと正直になれた。

「いいのか――流生」

「ああ」

ぎゅう、と流生のコートを摑《つか》んで、彼の胸に頰を埋《うず》める。自分の背中側で辻本さんがどんな顔をしているかなんて、少しも気にならなかった。

流生がいればそれだけでいい。彼の他《ほか》に何も考えたくない。好きだ。好きだ、流生。

「……立花。後のことは頼《たの》んでいいか」

「おう。貸し、ひとつだからな。よかったなあ。俺のおかげで、伊澤が無傷で済んで」

おどけた風にそう言って、立花は手にした携帯電話《けいたいでんわ》をひらひらと振った。彼が流生に連絡《れんらく》をしてくれたらしい。

ありがとうと言いたかったのに、ぎゅっと流生に抱き締《し》められて息が出来なくなる。

「辻本さん」

自分を抱いたまま、流生は彼の方を睨み据《す》えて言い放った。

「俺の店を潰《つぶ》したければ勝手にしろ。操を奪《うば》われるよりよっぽどましだ。――こいつはずっと前から俺のものなんだよ」

踵《きびす》を返した流生に連れられて、四角い箱のような部屋を後にする。店を出るまで、互《たが》いに一言も話さなかった。流生が着せてくれたコートが温かくて、言葉で何かを表現するよりもずっと、彼の優《やさ》しさが伝わってくる。

俺の操。お前は俺のもの。流生の言葉を頭の中で繰《く》り返しては、左胸を疼《うず》かせて、歩くたびに息を切らす。せわしない自分の呼吸に気付いた流生が、通りを走っていたタクシーを呼び停《と》

めてくれた。

二人で後部座席に乗り込んで、六本木までの短い時間を寄り添《そ》って過ごす。流生はずっと、真剣《しんけん》な顔をしてフロントガラスの向こうを見詰めている。その横顔に両目を奪われながら、すぐにでも唇《くちびる》から溢《あふ》れ出してしまいそうな想《おも》いを押し殺した。

「助けてくれて、ありがとう」

「……」

「俺、シオンがなくなるの嫌《いや》だから、あの人の取引に乗ろうとした。浅はかなことをしたと思ってる。ごめん。流生」

「――何に謝ってるんだ、お前は」

前を向いたまま、流生がぽつりと零《こぼ》すように言う。その抑揚《よくよう》のない声は静かな怒気《どき》を纏《まと》っていて、自分の肌《はだ》をぴりぴりと刺《さ》した。

「だって…店がなくなったら、俺だってつらい。お前のことを守りたかったから、だから…っ」

「あれほど気をつけろと言ったのに。俺が間に合わなかったら、今頃《いまごろ》どうなってたと思う」

スラックスの膝《ひざ》の上で、流生は両手を白くなるまで握《にぎ》り締めた。言い返す言葉も見付からずに、じっと隣《となり》で、彼の怒《いか》りを受け止める。

「立花から連絡があって、お前が辻本の野郎《やろう》に呼び出されたと聞いて、血の気が引いた。どうして俺に何も言わなかった。何度も電話をかけたのに、お前は電源を切ってるし。あの店に着くまで俺がどんな思いだったか、お前に分かるか」

捲《まく》し立てるように言われて、その勢いに反論するタイミングを失ってしまった。

助けに来てくれて嬉しかった。守ってくれて嬉しかった。流生は、俺のものだ、と言ってくれたけれど、それは自分が望んでいるものと同じだろうか。

タクシーが見慣れた六本木の裏通りに停車する。流生は財布《さいふ》から抜《ぬ》き取った一万円札を置いて、そのまま釣《つ》り銭《せん》も取らずに車を降りた。

「流生…っ、待てよ…っ」

「——お前がひどい目に遭《あ》って、俺が黙っていられるとでも思ったのか」

怒りの醒《さ》めない彼の背中を追い掛《か》ける。シオンのビルへと入り、無人の非常階段を目にしたところで、自分の足は止まってしまった。

ここは、流生が愛美と会っていた場所だ。思い出したくない光景が頭の中に広がって、胸の奥を焼け焦《こ》げさせる。

「お——俺がお前の忠告を聞かなかったから、怒ってるのか？」

「……」

「これでも俺は、覚悟《かくご》を決めてたんだぞ。トラブルは自分で解決しようって」

「お前一人では解決出来ないことだってある。どうして俺に相談しなかった」

「俺を親友でいられなくして、一人にしたのは誰《だれ》だよ。──お前に彼女が出来たから、俺のことはもういらなくなったんじゃないのか」

「…彼女？　何の話だ」

「とぼけるなよ。お前……愛美とここで、その……」

「お前の元カノか。ああ、確かに一度飲みに来たな。お前も居合わせたんなら、店に入ればよかったのに」

「……無神経なこと言うな。愛美が一目《ひとめ》惚《ぼ》れしたのはお前だったんだろ。二人で抱き合ってたから、お前たちが付き合い始めたのかと思って、俺……」

嫉妬《しっと》や焼きもちで、こんなことを言うのが恥《は》ずかしい。

気まずくて顔をくしゃくしゃにしている自分を、流生は瞳を細めて見詰《みつ》めている。

「たとえ誰に惚《ほ》れられたって、俺の気持ちはひとつに決まってる」

「……流生……」

彼の眼差しは静かで、怒りはもうどこかへ消えていた。

「お前の元カノは、あの日たまたま店に来て、少し飲んで帰って行った。あの子はそれほど酒に強い方じゃないだろう。ふらついてたからそこの通りで車を捕まえて、送っただけだ。何もしてない」

「何も──？」

「ああ。お前の他には興味がないよ。…と、ここまで言わなきゃ分からないか？」

「え…」

驚《おどろ》いた自分に、くす、と流生は微笑《ほほえ》んで、意地の悪そうな唇を片方だけ持ち上げた。

「俺は一度だってお前を裏切ったことはない。…ったく。女と一緒《いっしょ》にいただけで妬《や》くなよ」

「や、妬いてなんか…っ」

「──たまんねぇな、操。誰かれ構わず嫉妬したり、辻本の野郎の誘《さそ》いに乗ったり、無茶《むちゃ》な真似《まね》も平気でする。どうしてお前は、俺のためにそこまでするんだ」

「お──俺は、お前に迷惑《めいわく》をかけたくなかっただけだ。契約《けいやく》を取りたかったら、自分のものになれって言われて、断ったら、辻本さんは今度はお前の店を潰すって。だから」

「聞いてるだけでムカつく。その話はいい」

「流生」

「もういいよ。黙《だま》ってろ──操」

聞こえないくらい小さな彼の声とともに、冷え切ったコンクリートの壁《かべ》へと背中を押し付けられた。

「…っ」

瞬《まばた》きをする間もなく、激しく重ねてきた流生の唇を、目を開けたまま受け止める。彼の吐息《といき》ごと口腔《こうこう》を満たされて、差し入れられた熱い舌先に、夢中で応《こた》えた。

「ん…う、ん…っ」

流生の唇だ。キスの意味も分からないのに、濃密《のうみつ》なそれが自分を蕩《とろ》けさせて、彼の体温しか感じられなくさせる。

力の抜けていく体を抱き竦《すく》められて、まるでほんの僅《わず》かでも離《はな》れたくないみたいに、流生との間に隙間《すきま》も何もなくなった。

流生といつまでもこうしていたい。どきどきするような沈黙《ちんもく》の後で、流生はそっと唇を解いた。

「二度とあいつに触《ふ》れさせるなよ。今度やったら、俺は何をするか分からない」

「――でも、俺だって、お前のことが心配なんだよ」

「俺のことはいい。自分の身も守れない奴《やつ》が、偉《えら》そうなことを言うな」

「何だよ、それ。十年も付き合ってきたのに、親友の心配しちゃいけないのかよ」

言っていて自分が悲しくなってきた。こんなに想っているのに、流生には伝わらないのだろうか。

「そっちから勝手に親友をやめといて、何で助けに来たんだ。流生が俺を抱いてから、俺はお前のことが分からなくなってた。何であんなことをしたんだよ」

そう言いながら、自然に湧《わ》いてきた涙《なみだ》で視界を潤《うる》ませる。すると、バカ野郎、と語気を強くして、流生の両腕《りょううで》がぎゅっと自分を締め付けた。

「お前が欲しいからに決まってるだろ」

溜息《ためいき》のような、苦笑《くしょう》のような、流生の掠《かす》れた声が鼓膜《こまく》を震《ふる》わせる。漣《さざなみ》のようなそれが胸の奥に押し寄せて、自分の内側をいっぱいにさせていく。

同じだ。自分が彼を欲しがる気持ちと、全く同じ。

「流生……っ」

「いい加減、俺に惚れてるって認めろよ」

ふっと流生は表情を緩《ゆる》めて、自分の頬《ほお》に唇《くちびる》を押し当てた。優しいキスが合図になって、ぽろりと涙が零《こぼ》れ出す。

「――親友のままじゃ、お前に触れることも出来なかった。親友って立場に、俺は長いこと縛《しば》られてたよ。……中学の頃《ころ》から、俺はお前に自分の気持ちを隠《かく》してた」

流生の気持ち。抱《だ》き締めたまま放してくれない、長い腕と、力強い手。体温で伝わってくるそれだけを信じればいいのに、確証を求める自分は臆病《おくびょう》だ。

「流生。言えよ。俺、お前の気持ちが知りたい」

「もう言ったはずだぞ」

「今、ここで、お前の口からちゃんと聞きたいんだよ――」

髪《かみ》に流生の頬が触れて、いとしむようにすりすりとやられた。彼の仕草がくすぐったくて、照れくさくて、でもこの上もなく嬉《うれ》しい。

「操。俺を早く、親友から格上げしてくれ」

「流生」

「好きなんだ。…お前のことが、もうずっと」

その言葉が欲しかった。呼吸をするのも惜《お》しい。音のない世界で、流生の一途《いちず》な声だけを聞いていたい。

「俺も——流生が好きだ。親友より、もっと」

「操」

「俺、やっと分かったんだ。十年前の俺たちに戻《もど》ろうとは思わない。戻ったら……お前にキス出来ないから。そうだろう?」

嬉しそうに微笑んだ流生の唇に、自分の方からキスをする。

あるだけの力で彼を抱き返しているうちに、夜の街にまた雪が降ってきた。自分たちは降り積もるそれのように真っ白になって、互《たが》いの唇を求め続けていた。


「操」

リビングから寝室《しんしつ》へと、仕事明けの髪をシャワーで流した流生が入ってきた。午前五時のまだ薄暗《うすぐら》い朝に見る彼は、男らしい色気を体じゅうに纏《まと》っている。

自分の名前を呼ばれるだけで、とくん、と心臓が揺《ゆ》れることに、いつか慣れる日は来るんだろうか。体にタオルを巻いてベッドに腰掛《こしか》けた彼は、先にシャワーを浴びた自分と同じ匂《にお》いがする。

「――ほら」

流生は湯上がりに持って来た二つのグラスの片方を、自分へと差し出した。

「ありがと」

作りたての水割りは少し薄《うす》めで、自分の好みの味だった。腕のいいマスターを親友と呼んでいたけれど、これからは違《ちが》う。

今日は土曜日だから、朝から酔《よ》って、一日中、流生と過ごしていたい。眠《ねむ》たくなったら眠って、夜になったら、二人でシオンで飲み直すのもいいだろう。

「あ……」

今、とても大事なことを思い出した。流生のことでふわふわしていた頭の中が、水を浴びせられたようにクリアになる。

自分が辻本さんとの取引を破棄《はき》したせいで、シオンは潰《つぶ》されてしまうかもしれないのだ。

「流生、俺――お前をまずいことに巻き込んだ」

「何の話だ?」

「シオンだよ。お前、あの店を立ち退《の》けって言われただろう。俺が取引に乗らなかったから、辻本さんは多分怒《おこ》ってる。本気でお前の店を潰しにかかるぞ」

あの人を止めるにはどうしたらいいんだろう。グラスを握《にぎ》り締めたまま考え込んだ自分に、流生は静かに言った。

「心配するな。あいつに手は出させないから」

「えっ?」

彼の表情は落ち着いていて、辻本さんのことを少しも気にしていないように見える。

「どういうことだよ、流生」

「確かに六本木の界隈《かいわい》は辻本建設が大地主だが、シオンが入ってるビルはちゃんとオーナーがいる。あいつが御曹司《おんぞうし》だからって、個人の不動産には手出し出来ない」

「でも——そのオーナーから買収するのは簡単だろう?」

「そんな話には乗らないさ。オーナーは、先代の頃からうちに通ってる常連だからな」

「常連?」

初めて聞く話に、驚《おどろ》いて身を乗り出した。すると、流生は力強く自分の肩《かた》を抱いて、唇に笑《え》みを浮《う》かべた。

「お前も知ってるだろ。毎晩のようにうちに飲みに来てる、和服の爺《じい》さん」

「あ――」

流生を孫みたいに可愛《かわい》がっている、いつも和服を着た上品そうな白髪《しらが》の人だ。思い当たって大きく見開いた自分の瞳《ひとみ》に、流生が頷《うなず》きを返してくる。

「あれがうちのオーナー。ついでに言うと、辻本建設の会長をやってる」

「えええっ⁉」

嘘《うそ》だろう、と続けて言うと、流生は面白《おもしろ》くて仕方ないように、肩をぽんぽんと叩《たた》いた。

「半分引退してるけどな。御曹司だか次期社長だか知らないが、あいつはただの孫だ。――オーナーがシオンで俺と二人で飲む時は、孫の愚痴《ぐち》ばっかりだよ。我が儘《まま》で自尊心が強くて、顔を合わすたびにケンカになるって言ってたぞ」

「あの人が……辻本さんのお祖父《じい》さん。同じ店に通ってるって、知ってるのか？」

「孫の方は気付いてねぇよ。ブッキングしないように、俺が適当にやってるからな。お前と立花が会わないようにしてたみたいに」

「流生――お前」

「それがマスターの仕事だ。言っただろ？　店にいる時は、客が楽しく飲んでくれればそれでいい。そのために気配りするのは俺の受け持ちだ」

「この野郎《やろう》……」

かくん、と力が抜《ぬ》けて、流生の方へと体が傾《かたむ》く。裸《はだか》の二の腕に頭を預けて、温かいそこに数度頭突《ずつ》きをした。

「そういうことは先に俺に教えておいてくれよ――」

「操があんな無茶《むちゃ》をするとは思わなかった。あいつと下手《へた》な取引なんかしやがって。慌《あわ》てたぞ」

「お前が何も言ってくれないからだ」

安堵《あんど》が半分、怒《いか》りが半分で拗《す》ねていると、髪をぐりぐり撫《な》でられる。流生の掌《てのひら》からいたわるような温かいものが伝わってきて、胸の奥がじんと痺《しび》れた。

「本当に……シオンはなくならないのか？」

「安心しろ。俺がオーナーに言っておくから。孫にきつい灸《きゅう》を据《す》えてくれるさ。あの人は、シオンでうまい酒を飲むのが何よりの楽しみだから」

「――そうか、よかった」

「あの野郎に卑怯《ひきょう》な真似《まね》はさせねぇよ。お前の会社の契約《けいやく》も、絶対にうまくいく。俺がそう言うんだ。間違《まちが》いない」

「流生……」

彼に自信たっぷりに言われたら、何が起きても大丈夫《だいじょうぶ》な気がしてきた。本当に、この男には敵《かな》わない。負けを認めるのが悔《くや》しくないのは、流生のことが大好きだからだろう。親友と恋人《こいびと》は、似ているようで全然違う。

「操。俺の店の心配をするより、自分の心配をしろ」

「…え？」

手元から奪《うば》われたグラスが、サイドテーブルへと静かに置かれる。流生に、とん、と額を人差し指で突《つ》かれて、そのままベッドに転がされた。急に回転した寝室の天井《てんじょう》を、彼の顔がアップで埋《う》め尽《つ》くす。

「十年分付き合ってもらうから。覚悟《かくご》しとけ」

「流生――」

重なるほど近い自分たちの視線が、俄《にわ》かに鼓動《こどう》を速くさせた。それに合わせるように頬《ほお》や耳も熱くなっていく。

「もう酔ったのか？　操。顔真っ赤だぞ」

「う…、これは、その」

照れてもじもじやっていると、赤い顔の理由をとっくに分かっている彼は、小さく笑って抱《だ》き締《し》めてきた。

流生の香《かお》りでいっぱいに満たされながら、鼓動が落ち着くまでずっとそうしている。彼が時折髪《かみ》を撫でたり、耳元に息を吹《ふ》きかけたりするから、そのたびに心臓は跳《は》ねたけれど。

「――くすぐったいよ。流生」

「今、嚙《か》み締めてるんだ。邪魔《じゃま》するな」

何を噛み締めているんだろう。ふと流生を見ると、彼の耳の先も、少しだけ赤くなっていた。

「……お前とこうしてると、十年待ったのも悪くないな、ってさ」

しみじみと言う声音《こわね》の中に、待っていた間のやるせなさや、自分が考えもしなかった彼の苦しさが混じっている。

流生の気持ちに胡坐《あぐら》をかいて、自分は親友を続けていたんだ。そう思うと、彼が過ごした歳月の重みが自分にも伝わってきた。

「ずっと親友でいるつもりでいたけど、本当は——きつかった。いつかお前を傷付けるんじゃないかと思って、……自分が怖《こわ》かった」

「え？」

流生の微笑《びしょう》に苦味が混ざる。長い睫毛《まつげ》が、切なげに瞬《また》いた。

「シオンのマスターに収まって、カウンターの向こうとこっちに別れた時、少しほっとしたんだ。ほんの何十センチもない距離《きょり》が、俺から操を守ってくれる。マスターをやってる間だけでも、自分を抑《おさ》えることが出来たから」

「流生…」

そんなに強い想《おも》いを抱《いだ》きながら、彼がマスターをしていたなんて思わなかった。鈍感《どんかん》な自分が、今更《いまさら》ごめんと言っても仕方ない。ぎゅ、と彼の背中を抱き返すと、流生は笑って頷いてくれた。

「結局、我慢《がまん》出来なくてお前を抱いた。――俺を殴《なぐ》ってもいいんだぞ」

「……時効にする。本気で怒ってたら、お前と今こうしてない」

「操」

「あの時は、お前と親友じゃいられなくなると思って怖かった。でも、流生を恨《うら》んだりはしなかったよ」

「親友、か」

「その言葉しか知らなかったんだ。中学の時から、流生はいつもそばにいてくれて、誰《だれ》よりも大切な存在だったから」

親友と呼ぶことが、まだ子供だった自分の、流生への精一杯《せいいっぱい》の気持ちだった。

「操。――その頃《ころ》にはもう、俺の気持ちは恋愛《れんあい》感情に変わってた。お前に親友と言われるたび、それ以上は求めちゃいけないと思ってた。俺たちは親友にしかなれない、って。……十年も、俺は操に失恋《しつれん》してたんだな」

そこまで聞いたら、もう流生がいとしくてたまらなくなった。まだ濡《ぬ》れている襟足《えりあし》に指を梳《す》き入れて、これ以上ないくらい強く彼の体を抱き締める。

長い間、そばにいた人間をただ想い続けるのはつらくなかったのか。自分は知らないうちに流生を傷付けていたのかもしれない。

「…俺が彼女を紹介《しょうかい》するたび、本当は嫌《いや》だったか？」

「いいや。操が好きになる女は見てみたかったし。それに、俺がちゃんとフォローしてやらないと、お前は簡単に騙《だま》されるし」

「こいつ」

「——お前を大事にしてくれる女なら、俺は黙《だま》って身を引いたよ。お前が幸せならそれでいい」

「格好つけ過ぎなんだよ。流生は」

「好きな奴《やつ》の前でミエ張らないで、誰に張るんだ」

前髪《まえがみ》と前髪を擦《こす》り合わせるようにして、流生が近い場所から自分を見詰《みつ》めている。不意に訪《おとず》れた沈黙《ちんもく》がキスを呼んだ。

「操…」

そっと触《ふ》れてきた唇《くちびる》に、自分も唇で応《こた》える。二人分の呼吸を蕩《とろ》かすように、暫《しばら》くの間優《やさ》しく触れ合った。流生とこんな穏《おだ》やかなキスを交《か》わすのは二度目で、唇で感じる彼にときめいてどきどきしてしまう。

「…ん…っ」

全身で感じる流生の重みが、息苦しいのに幸せだった。だんだんと情熱的に変わっていくキスに、体じゅうを焦《こ》がされていく。気持ちが通じたら流生と何をしても嬉《うれ》しい。性急な手に夜着を脱《ぬ》がされて、裸の体をまじまじと見詰められても。

「痕《あと》――つけてもいいか」

「うん…」

首と肩《かた》の間に流生の顔が埋まって、小さくそこを吸われる。びり、と電気が走ったようになって、彼の肩を抱きながら、自分の体が弓なりに反った。

「……あっ…」

胸と胸が擦《こす》れて、それだけで息が弾《はず》む。自分がとても敏感《びんかん》になっていることが分かる。

「操、感じ過ぎ」

「しょうがないだろ…っ」

お前とこうしてるんだから、と、目線で訴《うった》えると、流生は何もかも知っているようにくすりと笑った。

余裕綽々《よゆうしやくしやく》の顔を両手で包んで、自分の方からキスをしてやる。そっと舌先を忍《しの》ばせると、口《こう》腔《こう》で自分を待っていた流生のそれが、熱いうねりのように絡《から》み付いてきた。

思うさま貪《むさぼ》る心地《ここち》よさを彼が教えてくれる。ぴったりと体を密着させて、皮膚《ひふ》一枚の距離も感じないくらいに、流生の一部になってしまいたい。素直《すなお》に昂ぶっていく下腹部を突き上げると、流生も猛《たけ》ったそこを自分に重ねてきた。

「ふ…、んん…っ」

淫《みだ》らに動く彼の腰《こし》に、つられたように同じ仕草をする。円の中心で濡れた音がして、ぬるぬるとすべる感覚に、思わずキスを解いた。

「あっ、あ、ん」

流生と触れ合っていると、快感を隠《かく》せない。今までたくさん恥《は》ずかしいところを見せてきた親友だから、恋人になったこれから先も、自分は彼に嘘《うそ》をつけないんだろう。

「流生、気持ち、いい」

「俺も、……すごくいい」

流生が自分の手を取って、重なったそこへと導いていく。お互《たが》いに片手ずつで愛撫《あいぶ》しながら、本能に正直に追い上げていった。

「は…っ、流生、このまま…っ」

絡めた十本の指がしとどに濡れていく。下腹部に溜《た》まっていた熱が一点を目指して駆《か》け上がってくるのを、切迫《せっぱく》した呼吸とともに待った。

「ん――…っ！」

弾《はじ》けるまで間もなかった屹立《きつりつ》を、突然《とつぜん》流生に握《にぎ》り込まれる。堰《せ》き止められた欲望《よくぼう》が体の中を巡《めぐ》って、解放されたくてたまらなくなった。

「や、だ、……止めるなよ…っ」

意地悪な指先が根元をきゅう、と締める。瞑《つぶ》っていた目を開けると、流生が楽しそうに自分を見下ろしていた。

「流生――」

ねだるように蠢《うごめ》く腰と、上目遣《うわめづか》いをする瞳《ひとみ》。無意識に自分がしたことが、流生はとても気に入ったようだった。

「可愛《かわい》いな。操」

「…何だよ…」

「そういうの、俺以外には絶対に見せるなよ」

流生の独占欲《どくせんよく》が、自分をまた幸せな気持ちにさせる。親友でいる間、彼が一途《いちず》にそれを抱《かか》えてきたのかと思うと、泣きそうになるけれど。

十年以上も待たせた分だけ、流生にも幸せになってほしい。自分がそばにいることで、満たされていてほしい。

「俺――お前のことが、好き、だ」

舌足らずにしか言えないのは、流生の指に欲望をコントロールされて、理性が掻《か》き消えてしまいそうだからだ。

「もう一回言えよ」

ゆるりと指を解かれて、扱《しご》くような手つきに屹立はますます濡れていく。

「流生が……好き」

「まだ足りない」

「──好き。好きだよ…っ」

十年分、流生に言いたい。足りないなら幾《いく》らでも。彼の望みを叶《かな》えてやりたい。

「流生──大好き」

広い背中を抱き返すと、流生は耳元で溜息《ためいき》をついた。熱く吐《は》き出されたその分だけ、彼の心も揺《ゆ》れている。

「……くそ。子供みたいに言いやがって」

流生が手の動きを速くする。簡単に追い詰《つ》められた自分は、彼の肩に歯を立てながら、乏《とぼ》しくなっていた理性を手放した。

「んんっ、ん、ん…っ！」

甘い痺《しび》れが全身を包む。達した後の無防備なそこを、流生は優しく拭《ぬぐ》ってくれた。

「…あ……っ」

ぬめりを纏《まと》った彼の指先が、くぷん、と音を立てながら体の後ろへ差し入れられる。休ませてくれない流生の愛撫に、自分は息を乱して懇願《こんがん》した。

「待って、流生」

嫌だ、とばかりに彼は狭《せま》い場所で指を回す。彼のそれがどんなにいやらしいか知っている自分は、たちまち感じてしまって声を上げた。

「あっ…！　やめ──」

二本に増えた指が内側で別々の動きをする。悔《くや》しいくらい器用な流生に、自分はいいように蕩かされていく。

「いじめるなよ…っ、あ…っ、ああ…」

微《かす》かな笑い声がしたかと思うと、ぐい、と体を抱《だ》かれて反転させられた。流生の指を飲み込んだまま、彼の上になる。

逞《たくま》しい胸に顔を埋《うず》めて、膨《ふく》らみとは無縁《むえん》のそこに口付けてみた。柔《やわ》らかい部分がどこにもない男の胸。鍛《きた》えられた筋肉を纏ったそれが、どうしてこんなに綺麗《きれい》に見えるんだろう。

「ん…っ」

流生の真似《まね》をして小さな突起《とっき》を甘噛《あまが》みする。すると、自分の体の方が反応してしまって、彼の指を強く締《し》め付けた。

「くっ…う…」

意識を散らそうと思うのに、しゃくり上げた腰《こし》が快感を貪って止まらない。痴態《ちたい》に耽《ふけ》る自分を、流生は熱い眼差《まなざ》しで仰《あお》ぎ見ている。

「お前には煽《あお》られてばっかりだ」

その声が少しだけ上ずっていて、彼も興奮しているのが分かった。柔らかく溶《と》けた自分の内側が流生を欲しがっている。ベッドから上半身を起こした彼は、もう待てなくなっているそこから指を抜《ぬ》いて、自分の膝《ひざ》を立てさせた。

「操」

対面に座らされて、二人の距離《きょり》がもっと近くなる。キスがしたい。そう言葉に出すよりも先に、流生の唇に捕《つか》まえられた。

熱いキスを何度繰《く》り返しても飽《あ》きない。十年分には全然足りなくて、流生も自分も、互いを求め過ぎている。唇で感じる恋人《こいびと》の温度に酔《よ》いながら、いつしか持ち上げられていた腰を、流生へとゆっくりと下ろしていった。

「ん――、くっ、……あ、あ…っ」

自分の重みで膝が震《ふる》える。貫《つらぬ》かれたいのか、包み込みたいのか、もうどちらでもよかった。流生の大きさを自分の中で感じて、もっと、と彼にしがみ付く。

「流生…っ」

「――つらいか？」

首を振《ふ》った自分に、流生はもう一度キスをしてくれた。唇ではなく額だったから、とても神聖な気持ちがする。

流生はいろんな気持ちを自分に気付かせる。長い間一緒《いっしょ》にいるのに、彼を好きになってから、初めて知ることばかりだ。

「優《やさ》しいな……流生」

「お前にひどくしてるのに？」

くっ、と下から軽く突《つ》かれて、喉《のど》を仰《の》け反《ぞ》らせる。汗《あせ》に濡《ぬ》れたそこを吸われて、赤い痕《あと》を付けられた。

「ひどく、ない…よ。気持ちいい…っ」

「操…」

「お前にになら、何をされてもいい」

流生なら何でも許せる。無理矢理《むりやり》抱かれた時だって、嫌《きら》いになれなかった。

「好きだよ――」

何度目かの告白を繰り返して、流生の髪《かみ》に自分の頬《ほお》を埋める。

そこから先は、もう言葉にならなかった。突かれては落とされ、沈《しず》んではまた跳《は》ね上げられて、前後不覚になるまで揺さぶられる。自分だけを見詰《みつ》める彼の瞳の中で乱されながら、シーツに汗を散らして泣くような声を上げた。

「ああっ、ん、あう、あぁ…っ！」

苦しい息を紡《つむ》いで、二人で快感を追い掛《か》ける。彼とひとつになっている――そのことが、もう幾らも働いていない頭に浮《う》かんで、抱《だ》き締める腕《うで》の力を強くさせた。

「…はぁ…っ、あっ、りゅ、せ」

名前も呼べなくなった自分を預けて、流生の熱い体温をただ感じる。声が嗄《か》れるほど啼《な》いてから、気を失って倒《たお》れてしまうまで、流生は一度も自分を放さなかった。

8

最初の商談から約一ヶ月後。クリスマスも間もなくというある日、自分はまた辻本建設を訪《おとず》れていた。

流生の言葉通り、辻本建設とのリース契約《けいやく》が無事成功して、今日は何度目かの打ち合わせをしている。応接室で自分と折衝《せっしょう》をしているのは、総務部長の山崎さんだ。自分の見積もりを重役会で推《お》してくださったそうで、この人にはとても感謝している。

「――では、機器類の納期はこちらの通りに。その際はメーカーサポートと、私も現場に立ち合わせていただきます」

「分かりました。よろしくお願いしますね」

打ち合わせの席に、辻本さんの姿はない。一度上司がそのことを尋《たず》ねてみたところ、彼は会長さんの指示で、今回の責任者の立場を降りたとのことだった。流生が言っていた、灸《きゅう》を据《す》えるとは、きっとこのことだったんだろう。

辻本さんとは二度と関《かか》わりたくない。敵前逃亡《とうぼう》してくれて本当によかったと思う。

打ち合わせを終えて、山崎さんにロビーまで見送ってもらっていると、ちょうどエントランスの自動ドアが開いた。何人かの秘書と思《おぼ》しき人たちを連れて、和服を着た白髪《しらが》のお爺《じい》さんが入って来るのを見て、あっ、と声を出す。

いつもはシオンのカウンターで見慣れている、あの常連さん。辻本建設の会長さんだ。

山崎さんと並んで通路を空けていると、自分たちに気付いた会長さんが、草履《ぞうり》の足を止めてゆったりと微笑《ほほえ》みかけてくれた。

「山崎くん、そちらは？」

「はい。『OAサポート』の伊澤さんです。装備品のリースの件で、本日は打ち合わせに来られました」

「お世話になっております。営業担当の伊澤操と申します。このたびは弊社《へいしゃ》とご契約いただき、誠《まこと》にありがとうございました」

「おお、例のあれか。——どこかで拝見した顔だと思ったら、そうですか」

ふむふむ、と白い顎鬚《あごひげ》を撫《な》でている会長さんを見て、山崎さんは不思議そうな顔をしている。

「会長？　伊澤さんとご面識が？」

「そう大層なことじゃない。この方とはな、酒の趣味《しゅみ》が合うんだよ」

「は？　それはどういう…」

「——伊澤さん、今度はぜひ、某所《ぼうしょ》で一杯《いっぱい》お付き合いください」

「はい。喜んでお供させていただきます」

会長さんに握手《あくしゅ》を求められて、自分よりもずっと長く働いてきたその手に触《ふ》れる。包み込んでくれた掌《てのひら》がとても温かくて、ここが取引先のロビーだということも忘れて、幸せな気持ちになった。

「——そうか、辻本建設で爺さんに会ったのか」

「うん。他《ほか》に人がいて、ちゃんとした御礼《おれい》が言えなかったから、ここで会ったら接待しなきゃ」

「やめとけ。そういうの喜ぶ人じゃないから。若い奴《やつ》におごらせたら爺さんの沽券《こけん》に関わる」

「ははは。でも、会長さんにもお前にも、本当に感謝してる。ありがとう」

同じ日の夜、自分は小さな鉢《はち》植えのツリーが飾《かざ》られた、シオンのカウンターにいた。開店時間前の店内は自分以外に客はいなくて、いつも流しているジャズのBGMも切られている。

仕込みの時間帯の流生は、白いシャツの上に赤いエプロン姿だ。ツリーに巻いた電飾《でんしょく》が店内の雰囲気《ふんいき》をクリスマスのそれにしていて、カウンターの中にいる彼をサンタクロースに見せている。

「操、暇《ひま》だろ？　御礼なんかいいから、こっちに入って手伝えよ」

「いちおう客なんだけど」

「バイト代に夕飯出してやるから。——今オーブンに仕込んでる」

そう言えば、ずっと厨房《ちゅうぼう》からいい匂《にお》いがしていた。条件反射のように食欲《しょくよく》を刺激《しげき》されて、空腹の胃がぐうと鳴る。

「本当に俺、お前に餌付《えづ》けされてるよな」

あーあ、と溜息《ためいき》をついても、悪い気分はしない。二人して厨房を覗《のぞ》きに行き、オーブンの小窓から見えるうまそうなローストターキーが焼き上がるのを待つ。

シオンの厨房は、二人いれば満員になるほど狭《せま》かった。肩《かた》をくっつけ合って窮屈《きゅうくつ》な思いをしても、この店がなくならなくてよかったと正直に思う。

「会社が休みの日は、ここに入り浸《びた》ろうか」

流生が大事にしている場所に、自分も佇《たたず》んでいたい。どんなに長く一緒にいても飽《あ》きないのは、腐《くさ》れ縁《えん》で証明済みだ。

「定年退職したら二人でシオンの切り盛りしてたりして」

「いいな、それ」

「でも、そのためにはもうちょっと広い店にしないと」

「うちはこれくらいがいいんだよ」

とりとめもない将来の話をしている間に、オーブンのブザーが鳴った。流生がミトンを填《は》めた手で丸焼きのターキーを取り出す。じゅうじゅう言って湯気を立てているそれを見たら、ますます腹が空いてきた。

「流生、早く切ろう。待てないよ」

「お前には情緒《じょうちょ》ってもんがないのか」

苦笑《くしょう》しながら、流生が大きな料理包丁を手にした。すると、彼はするりとそれの持ち手をひっくり返して、自分の方へと向けてくる。

「ほら。切り方教えてやるから、お前がやれ」

「俺不器用なのに」

「そんなことをとっくに知ってるよ。——二人で店をやる最初の練習だ。これが出来たら、次はシャンパンの注ぎ方な」

「もう…、何で俺が」

しぶしぶ包丁を受け取って、慣れない手つきで肉汁《にくじゅう》が溢《あふ》れているターキーに刃先《はさき》をあてた。丁寧《ていねい》に手順を教えてくれる流生が、何だかとても楽しそうにしているから、自分もつられて楽しくなってくる。

どうにか食べられる程度に切り終えると、彼はカウンターからフルートグラスを二つ持ってきて、冷蔵庫で準備していたらしいシャンパンボトルを取り出した。

「それ…っ、めちゃめちゃ高いやつ」

「まあ、今日は特別なんで」

常連客にも出したのを見たことがない。貴重なそのラベルをついっと指で撫でてから、流生は瞬《またた》く間にボトルの栓《せん》を開けた。手馴《てな》れたそのひとつひとつの仕草が、自分の視線を釘付《くぎづ》けにする。

「――お前の仕事の祝いと、俺の祝い」

「え？」

「我ながら気の長い恋愛《れんあい》をした。褒《ほ》めてやりたい」

「言うかお前、本人の前でそういうこと」

「うるさい。これが正しい注ぎ方だ。よく見てろ」

ボトルを布巾《ふきん》でくるむようにして持ち、フルートグラスの内側へと静かにすべらせながらシャンパンを注ぐ。きめ細かい気泡《きほう》の向こうに透《す》けて見える、ボトルを支える腕《うで》のラインと、少し斜《なな》めに構《かま》えたフラットな立ち姿。

ただグラスにシャンパンを注いでいるだけで、どうしてこんなにサマになるんだろう。流生に見惚《みと》れる回数が多くなったのは、彼に恋《こい》をしているからだ。

「一足早いけど、二人でクリスマスやろうぜ」

「流生…」

「お前とこういうことするの、初めてだな」

「うん。昔、オーストラリアのサンタの話をお前に教えてもらったの、覚えてるよ」

「懐《なつ》かしいな。俺たちはもう中学生じゃないけど、中身はあの頃《ころ》のままだ」

グラスとグラスを触れ合わせずに、互《たが》いにそっと瞳《ひとみ》を交《か》わす、正しいルールで乾杯《かんぱい》をする。かしこまった空気が妙《みょう》に居心地《いごこち》が悪くて、流生と笑い合った。

「なんか……照れくさい」

「俺も」

「――何もかも昔と一緒《いっしょ》じゃないよ。流生。お前といてこんなにどきどきするの、好きだと気付くまでは分からなかった」

また十年経《た》ったら、その時は違《ちが》う自分たちに変わっているんだろうか。でもきっと、流生への気持ちは色褪《いろあ》せない。時間が経つごとに鮮《あざ》やかになって、今日みたいに、何度も繰《く》り返し彼に恋をする。

「これからもよろしく」

「こちらこそ」

溶《と》けそうな瞳をしている流生を見て、またどきどきする。

彼は恋人《こいびと》。これから先もずっと、流生のこんな顔を見続けていきたい。心からそう思った。

END

あとがき

こんにちは。または初めまして。御堂なな子です。

このたびは『君の一途な執着』をお手に取っていただき、ありがとうございます。

本作は、十年以上親友として付き合ってきた二人が、とある出来事を経て恋人《こいびと》になるまでを綴《つづ》ったお話です。親友ならではの、一足飛びには恋人になれないもどかしさや、これまでの関係を壊《こわ》してしまうんじゃないかという切なさを、お楽しみいただけたら嬉《うれ》しいです。

執筆《しっぴつ》中は流生のほうが断然独占欲《どくせんよく》が強いなあ、と思っていたんですが、書き上げてみると、主人公の操も同じくらい強い独占欲を持っている人でした。二人の感情は『シオン』にある数々のお酒同様、長い時間をかけて良い味になっていったようです。お互《たが》いにナチュラルに執《しゅう》着《ちゃく》し合って、これから先も幸せでいてほしいと思います。

前回に続き、今回の出版もたくさんの方々がお力添《ちからぞ》えをしてくださいました。

このたびも麗《うるわ》しいイラストを描《えが》いてくださった、あさとえいり先生。お忙《いそが》しい中、ありがとうございます。先生のイラストを拝見すると、主人公たちがビジュアルとなって自分の頭に浮《う》かんできて、自由にストーリーを紡《つむ》いでいきます。うっとりするような二人を描いてくださって、本当にありがとうございました！
いつもご迷惑《めいわく》をかけている担当様。編集部の皆様《みなさま》。学習能力の無さを露呈《ろてい》してしまって申し訳ないです。修正の回数はいったいいつ減るんだろうと、遠い目をしながら反省しております。
友人Yちゃん。静かに見守ってくださっている方々。家族。御礼《おれい》の言葉はどんなに述べても尽《つ》きません。そして、前作のご感想をお寄せくださった皆様。心のこもったお手紙をありがとうございました！　とても嬉しかったです。ぜひこれからの励《はげ》みにさせてください。

最後になりましたが、ここまで読んでくださった読者の皆様へ。
この本で三作目の発表ということになります。自分の作品を世に出していくということは、胃がキリキリするような緊張感《きんちょうかん》の連続なんだと、今頃《いまごろ》になって気付きました。少しでも楽しんでいただける作品を目指して、これからもがんばります。よろしくお願いいたします。

それでは、皆様にまたお目にかかれる日を心待ちにしております。

二〇〇九年十月　　　　御堂　なな子

KADOKAWA RUBY BUNKO

君《きみ》の一途《いちず》な執着《しゅうちゃく》

御堂《みどう》なな子《こ》

角川ルビー文庫　R 127-3　16019

平成21年12月1日　初版発行

発行者——井上伸一郎
発行所——株式会社角川書店
東京都千代田区富士見2-13-3
電話/編集(03)3238-8697
〒102-8078
発売元——株式会社角川グループパブリッシング
東京都千代田区富士見2-13-3
電話/営業(03)3238-8521
〒102-8177
http://www.kadokawa.co.jp
印刷所——旭印刷　製本所——BBC
装幀者——鈴木洋介

本書の無断複写・複製・転載を禁じます。
落丁・乱丁本は角川グループ受注センター読者係にお送りください。
送料は小社負担でお取り替えいたします。

ISBN978-4-04-454803-2　C0193　定価はカバーに明記してあります。

©Nanako MIDO 2009　Printed in Japan

KADOKAWA RUBY BUNKO

角川ルビー文庫

いつも「ルビー文庫」を
ご愛読いただきありがとうございます。
今回の作品はいかがでしたか？
ぜひ、ご感想をお寄せください。

〈ファンレターのあて先〉

〒102-8078 東京都千代田区富士見 2-13-3
角川書店 ルビー文庫編集部気付
「御堂なな子先生」係

彼を乱す誘惑
一度手に入れたら、
もう放しませんよ？
高校時代の先輩×後輩が
織りなすアダルトな再会ラブ♥
ホテルで働く広海は、昔好きだった響谷と偶然再会する。その後、酔った勢いで告白してしまうがあっさりＯＫされて…？
御《み》堂《どう》なな子《こ》
イラスト あさとえいり
ルビー文庫

僕を縛る欲望
御堂なな子
Nanako mido
イラスト／あさとえいり
気持ちがいいと言え。
もっとしてくださいと――。
ツンデレ社長
×前向き大学生の
超不器用なラブ・ロマンス！
義父の死ですべてを失った大学生の祐は、突然現れた鋭利な美貌をもつ神崎に「お前の義父に貸した金を返してもらおう」と無理矢理連れ去られるが……？
ルビー文庫

日生水貴
Mizuki Hinase
綺麗な彼は意地悪で
いっぱい濡らして。
全部、欲しいです——…。
有名俳優・宰川のマネージャーとして突然指名されてしまった志月。宰川にだけはバレるわけにいかないある秘密を抱える志月ですが…
ルビー文庫初登場♥
日生水貴が贈る
超有名俳優×芸能マネージャーの
シンデレラ・ロマンス!
イラスト◆あさとえいり
ルビー文庫

日生水貴
Mizuki Hinase
淫らな彼に触れたくて
もう少しさせろ。
味わいたい気分なんだよ――。
日生水貴×あさとえいりが贈る
イケメン俳優×美人会社員の
ちょっと切ない身分差ロマンス♥
千尋が片想いしているのは親友で人気俳優の狩野将吾。
彼との距離を縮めるため、酔った将吾に抱かれた千尋だけど…？
イラスト◆あさとえいり
ルビー文庫

日生水貴
Mizuki Hinase
イラスト／あさとえいり
世界的有名モデル×天真爛漫な専門学生のシンデレラ・ロマンス♥
魅惑的なキスの魔法
あんまり可愛いと——食うぞ？
田舎育ちの天志は、偶然遭遇した野外ファッションショーで、そのメインモデル・葛城京にいきなりランウェイに上げられるとキスされそうになって？
ルビー文庫

日生水貴
Mizuki Hinase
イラスト／北《きた》沢《さわ》きょう
好き嫌いばかりしてたら
——なんかするぞ！
一番美味しい恋のレシピ
高校生の渉は、偏食改善のため料理研究家・涼司に預けられる。けど涼司
は我が儘を言う渉に「お仕置き」としてキスするような男で…？
美形オレ様料理研究家×偏食高校生の
餌付けからはじまるラブ・ストーリー♪
ルビー文庫

もしも恋なら
癒されるのは花束に？
それとも、俺に？
谷崎泉
イラスト／史堂 櫂
小児科医の伊達は、王子様のような笑顔を持つ十和に出逢う。けれど優しげな十和から「一目惚れしました」と口説かれてしまった伊達は、強引に唇を奪われてしまい…!?
最強天然貴公子 × クールな小児科医が贈る、
恋に仕事に大忙しのラブ・バトル！
ルビー文庫

好きになるということ
俺は…壱の傍にいるって……
覚悟を決めたから。
谷崎泉×高座朗が贈る、
泣けない大人たちの
アダルト・ラブ第２弾！
谷崎泉《たにざきいずみ》 イラスト／高座 朗《たかくらろう》
一度は体を重ねたものの未だ灰田を受け入れられずにいた壱。しかし切ないほど純粋に自分を求める灰田の姿に、新たな感情が芽生え…？
ルビー文庫

愛するということ
谷崎泉
Izumi Tanizaki
イラスト／高座 朗
すまないが、お前を諦める気はない。
美貌のセレブリティ×強気な泣き虫
デザイナーのシークレット・ラブ！
デザイナーの壱は、プレゼン先で出逢った腹立たしい男・
灰田になぜか毎日のようにつきまとわれてしまい――!?
ルビー文庫

めざせプロデビュー!!　ルビー小説賞で夢を実現させよう!

第11回 角川ルビー小説大賞 原稿大募集!!

大賞
正賞・トロフィー
+副賞・賞金100万円
+応募原稿出版時の印税

優秀賞
正賞・盾
+副賞・賞金30万円
+応募原稿出版時の印税

奨励賞
正賞・盾
+副賞・賞金20万円
+応募原稿出版時の印税

読者賞
正賞・盾
+副賞・賞金20万円
+応募原稿出版時の印税

応募要項

【募集作品】 男の子同士の恋愛をテーマにした作品で、明るく、さわやかなもの。
未発表(同人誌・web上も含む)・未投稿のものに限ります。

【応募資格】 男女、年齢、プロ・アマは問いません。

【原稿枚数】 1枚につき40字×30行の書式で、65枚以上134枚以内
(400字詰原稿用紙換算で、200枚以上400枚以内)

【応募締切】 2010年3月31日

【発　　表】 2010年9月(予定)＊CIEL誌上、ルビー文庫などにて発表予定

応募の際の注意事項

■原稿のはじめに表紙をつけ、**以下の2項目を記入してください。**
①作品タイトル(フリガナ)　②ペンネーム(フリガナ)

■1200文字程度(400字詰原稿用紙3枚)のあらすじを添付してください。

■**あらすじの次のページに、以下の8項目を記入**してください。
①作品タイトル(フリガナ) ②ペンネーム(フリガナ)
③氏名(フリガナ) ④郵便番号、住所(フリガナ)
⑤電話番号、メールアドレス ⑥年齢 ⑦略歴(応募経験、職歴等)⑧原稿枚数(400字詰原稿用紙換算による枚数も併記※小説ページのみ)

■原稿には通し番号を入れ、**右上をダブルクリップなどでとじてください。**
(選考中に原稿のコピーを取るので、ホチキスなどの外しにくいとじ方は絶対にしないでください)

■**手書き原稿は不可。**ワープロ原稿は可です。

■プリントアウトの書式は、必ず**A4サイズの用紙(横)1枚につき40字×30行(縦書き)**の仕様にすること。400字詰原稿用紙への印刷は不可です。感熱紙は時間がたつと印刷がかすれてしまうので、使用しないでください。

■**同じ作品による他の賞への二重応募は認められません。又、HP・携帯サイトへの掲載も同様です。賞の発表までは作品の公開を禁止いたします。**

■入選作の出版権、映像権、その他一切の権利は角川書店に帰属します。

■応募原稿は返却いたしません。必要な方はコピーを取ってから御応募ください。

■**小説賞に関してのお問い合わせは、電話では受付できません**ので御遠慮ください。

規定違反の作品は審査の対象となりません!

原稿の送り先

〒102-8078　東京都千代田区富士見2-13-3
(株)角川書店「角川ルビー小説大賞」係